Dietrich Volkmer

Helena und Paris

Eine dramatische Liebesgeschichte

Dietrich Volkmer

Helena und Paris

Eine dramatische Liebesgeschichte

Eine dramatische Liebesgeschichte

Alle Rechte vorbehalten
© Dr. Dietrich Volkmer

Die Deutsche Nationalbibliothek verzeichnet diese
Publikation in der Deutschen Nationalbibliografie;
Detailierte bibliografische Daten sind im Internet über
http://dnb.ddb.de abrufbar

Text, Layout und Umschlaggestaltung
Dr. Dietrich Volkmer
www.literatur.drvolkmer.de

Titelbild: Jacques Lous David (1748 - 1825)
Die Liebe von Paris und Helena; Louvre, Paris

Internet-Seiten
www.drvolkmer.de   www.literatur.drvolkmer.de
www.buchtipps.drvolkmer.de
www.privat.drvolkmer.de

Alle Rechte liegen beim Autor
Die Verbreitung von Inhalten des Buches in jeglicher
Form und Technik, auch auszugsweise,
ist nur mit schriftlicher Einwilligung des Autors gestattet

Herstellung und Verlag
BoD Books on Demand
Norderstedt
Printed in Germany

ISBN 9783743152885

Inhaltsverzeichnis

Vorwort 7
Olympisches Vorspiel 9
Erstes Vorspiel. Helena und ihre vielen Freier 12
Zweites Vorspiel. Szenen am Hof von Troja 14
Drittes Vorspiel. Peleus erobert Thetis 16
Viertes Vorspiel. Die Hochzeit von Peleus und Thetis 17
Fünftes Vorspiel. Das Urteil des Paris 20
Paris auf der Fahrt nach Sparta 24
Olympisches Zwischenspiel 28
Empfang in Sparta 28
Zwischenszene auf dem Olymp 33
Die Entführung und Flucht 34
Am Hofe des Menelaos 40
Szenen in Hellas 41
Paris erzählt seine Herkunft 42
Empfang in Troja 45
Die Ankunft der griechischen Flotte 48
Die Griechen an Land 49
Die Belagerung 51
Zwist im Lager der Griechen 53
Helena im Palast 55
Der Zweikampf um Helena 56
Zwischenspiel auf dem Olymp................................ 60
Wo bleibt Paris? 61
Der Kampf der Giganten 67
Der Tod des Paris 73
Das Trojanische Pferd 74
Das Ende einer großen Liebe 78
Wie mag Helena ausgesehen haben? 81
Wer hat Schuld am Trojanischen Krieg? 82

Eine dramatische Liebesgeschichte

Einige Erläuterungen 84
Bibliographie .... .86
Weitere Bücher des Autors zu Themen der
    Antike und zu Griechenland .... .87

Vorwort

Liebesgeschichten haben in unserer Kultur augenscheinlich nur dann einen Widerhall oder erlangen nur dann besondere Aufmerksamkeit, wenn sie tragisch sind oder tragisch enden.

Man denke an das große erste tragische Liebespaar, die schöne Nofretete und Echnaton, den Gründer einer neuen Religion: Eine für damalige Zeiten aufsehenerregende Verbindung ohne ein glückliches Ende, zumindest wissen wir nicht genau, wie diese alt-ägyptische Romanze geendet ist.

Die Geschichte von Romeo und Julia zieht noch immer Tausende von Touristen nach Verona, wo sie verzückt auf den Balkon der Julia hochstarren.

Viele moderne Liebesgeschichten werden durch die Profan–Presse hochgeschaukelt und dürften nicht von erinnerungsmäßiger Dauer geprägt sein. Zumeist sind sie zudem von abgrundtiefer Langweiligkeit, obwohl manch einer brennend-neugierig sich dafür interessiert. Futter für die Klatsch-Presse.

Die Geschichte von Helena und Paris ist wohl das älteste Liebesdrama der Weltliteratur. Unterstellt man, dass Homer – sofern es ihn als Einzelperson gegeben hat – in die Zeit um 800 vor Chr. angesiedelt wird und dass er über Ereignisse berichtet, die rund 400 Jahre vor seiner Zeit stattgefunden haben sollen, so kann man mit Recht bei der Behauptung bleiben, es ist eine Ur-Ahnin der Liebesposie.

Nie gab es eine kompliziertere Vorgeschichte und nie führte eine Liebes-Liaison zu mehr Leid, Unglück und Tod.

Nie waren die griechischen Götter umfangreicher involviert als in diesem Drama. Nie zeigten die olympischen Götter über die Jahre hinweg mehr menschliche Züge. Nie kamen bei ihnen Sympathie und Antipathie bei einem Geschehen deutlicher zum Tragen.

Die Vorgeschichten, die letztendlich die Liebeszusammenkunft bewirkten, führen zueinander wie kleine Bäche, kleine Flüsse bis sie letztendlich in einen gewaltigen Strom münden, der alles gnadenlos mit sich reißt.

Um das große Ereignis zu verstehen, sollen die Vorgeschichten eine nach der anderen ausführlich beleuchtet werden, um dann die eigentliche Liebesgeschichte mit all ihren Folgen in den Vordergrund zu stellen.

Es gibt jedoch eine Reihe von Zeitabschnitten in der Geschichte von Paris und Helena und ihrer Flucht, die in allen einschlägigen Büchern, einschließlich der „Ilias", gar nicht oder kaum beschrieben sind. Hier blieb mir keine andere Wahl als auf den Flügeln der Phantasie das Liebespaar zu begleiten.

Am Schluß des Buches wurden Szenen aus der Ilias eingebunden, die für die Geschichte von Helena und Paris von Bedeutung sind.

Wiederum mußte ich mir eine Reihe von Bestandteilen dieses Buches aus der unglaublichen umfangreichen Mythologie der Griechen zusammensuchen.

Bad Soden, im Januar 2017

Olympisches Vorspiel

Zeus und Hera saßen gemütlich beim Essen. Ganymed hatte seinem Herrn gerade den letzten Rest aus der Ambrosiaflasche eingeschenkt. Hera, die ihren Gatten schon seit Urzeiten gründlich kannte, bemerkte eine gewisse Unruhe bei ihm.

„Er wird doch nicht schon wieder auf Freiersfüßen wandeln," dachte sie bei sich, „ich glaube, ich muß ihn etwas unter Kontrolle behalten, sonst flüchtet er sich schon wieder vom Olymp hinab zu den Sterblichen." Zeus bemerkte das besorgte Gesicht von Hera und ahnte wohl ihre Gedanken.

„Bislang," so meinte er im Stillen bei sich, „habe ich immer eine Gelegenheit gefunden, um ihr zu entwischen. Ein Grund, um mich wieder mal um die Schönen unten auf der Erde zu kümmern, wird mir schon einfallen."

Ganymed näherte sich mit einer neuen Karaffe Ambrosia, aber Zeus winkte ab.

„Lass es für heute genug sein, morgen ist auch noch ein Tag."

Hermes näherte sich etwas atemlos – auch Götter können sich anstrengen – und stieß hervor:

„Unten auf dem Peloponnes ist es ein wenig unruhig. Es sind Rinderdiebstähle in großem Umfang vorgekommen und ich denke, deine Rechtsprechung in Form einer Strafaktion ist wieder einmal vonnöten. Sonst machen die Spartaner wieder einmal von ihrer Selbstjustiz Gebrauch."

Was Hera nicht wusste: Zeus hatte Hermes in seine Absichten eingeweiht und dieser diente ihm jetzt als Helfeshelfer.

Zeus hatte nämlich ein Auge auf die schöne Leda geworfen, Gattin des Spartanerkönigs Tyndareos. Aber wie ihr nahe kommen, denn Tyndareos war zutiefst eifersüchtig und ließ sie kaum aus dem Auge und in seinem Palast war sie gut bewacht?

Aber Hermes hatte sich als olympischer Spion im Auftrag von

Eine dramatische Liebesgeschichte

Zeus in ihre Umgebung eingeschlichen und hatte die gesamte Umgebung und die Angewohnheiten von Leda observiert.

Leda hatte in der weitläufigen Palast-Umgebung einen wunderschönen Park anlegen lassen, mit einem See, auf dem sich ihre Lieblingstiere, die weißen Schwäne, graziös bewegten. Da die Dienerschaft nur in ihrer Abwesenheit Zugang zum Park hatte, bewegte sich Leda ungezwungen in der Umgebung des Sees und in der Nähe ihrer Schwäne.

Zeus fasste einen Plan, um sich ihr zu nähern. Was ihm bekanntlicherweise nicht schwer fiel: Er verwandelte sich in einen schönen Schwan und näherte sich der Königin, die sich ausgestreckt auf einer Liege im Schatten einer Zeder entspannte.

Als sei er angeblich von einem Adler verfolgt gewesen, flüchtete er zu Leda. Erstaunt blickte Leda auf den gefiederten Neuankömmling.

„Du bist aber ein ausgesprochen hübsches Exemplar deiner Gattung," sagte sie zu ihm und streichelte ihn, „welch ein Glück, dass du diesem Räuber entkommen konntest."

Der Schwan alias Zeus wiegte den Kopf und schmiegte sich dicht an Leda, die diese Nähe zu genießen schien.

Zeus fiel es dann mit olympischer List nicht schwer, sich als Schwan mit Leda zu vereinigen. Leda selbst verspürte das ganze nur als einen Traum, aus dem sie beglückt erwachte.

Am Abend kehrte Tyndareos von der Jagd zurück und Zeus legte ihm die Sehnsucht nach seiner Frau ans Herz.

So geschah es, dass Leda am gleichen Tag sich zweimal mit einem männlichen Wesen vereinigte.

Nach neun Monaten gebar Leda ein Ei, aus dem Helena entschlüpfte, und als Frucht der Verbindung mit ihrem Gatten Tyndareos die Dioskuren Kastor und Polydeukes. Mit ihnen zusammen und ihrer Schwester Klytaimnestra wuchs Helena auf.

Zeus hatte danach – fast kann man sagen desinteressiert - keine

Helena und Paris

Leda und der Schwan
hellenistisch, Heraklion, Museum

Kontakte mehr mit Leda aufgenommen, aber seine göttliche Vaterschaft zeigte sich in einer blendenden Schönheit des jungen Mädchens, das sich überall in Hellas und den umliegenden Ländern herumsprach.

Auch der große Theseus hörte davon und beschloß, die Minderjährige aus dem Königsschloß zu entführen. Für ihn, so meinte er, käme nur eine Zeus-Tochter als Gemahlin in Frage. Dabei half ihm sein bester Freund Peirithoos, der aber als Gegenleistung eine fast unmögliche Hilfestellung einforderte. Theseus sollte ihn beim Raub der Höllenfürstin Persephone, der Gattin des Hades und Tochter der Fruchtbarkeitsgöttin Demeter, unterstützen.

Aber wie können Sterbliche so vermessen, so leichtsinnig sein, dem Hades, dem Herrscher der Unterwelt, immerhin ein Bruder des Zeus, die eigene Frau zu entführen? Auch wenn Peirithoos argumentativ angab, Hades hätte ja damals auch die Tochter der Demeter in die Unterwelt entführt.

Das Unterfangen scheiterte und Hades sperrte die beiden Entführungsdilettanten kurzerhand ein.

Nun war Helena in Athen nicht mehr bewacht und die beiden Brüder Kastor und Polydeukes befreiten ihre Schwester wieder und führten sie zurück an den Hof des Tyndareos nach Sparta.

Eine dramatische Liebesgeschichte

Erstes Vorspiel
Helena und ihre vielen Freier

Nach diesem Entführungsschock wuchs Helena gut bewacht am Hof des Vaters frühzeitig gereift heran. Ihre Schönheit war nunmehr in ganz Hellas sprichwörtlich geworden und Tyndareos glaubte, es sei nunmehr an der Zeit sie standesgemäß in den Hafen der Ehe zu entlassen. Es galt nur einen geeigneten und ihr würdigen Partner zu finden.

Als Leser und Freund der antiken Mythen fällt es einem schwer, sich Helena als ungewählte „Schönheitskönigin" der antiken Welt vorzustellen. Jede Zeit hat ihre Schönheitsideale. Hatte Helena die berühmte altgriechische Nase? War sie blond oder dunkelhaarig? War sie schlank wie ein Reh oder wies sie bereits leicht orientalische Fülle auf? Niemand kann eine Antwort darauf geben und so existiert Helena in jedem Leser als eine individuelle Fiktion, die durchaus modernen Schönheitsidealen gleichen kann.

Im „Faust" lässt Goethe den Mephisto zum Faust sagen: „Nein! Nein! Du sollst das Muster aller Frauen nun bald leibhaftig vor dir sehn." Und leise hinterher „Du siehst mit diesem Trank im Leibe, bald Helenen in jedem Weibe."

Parship und ähnliche Partnerschaftsanbahnungsinstitutionen lagen damals noch in weiter Zukunft und so ließ Tyndareos Botschafter in ganz Hellas herumreisen, die geeignete Ehepartner suchen und sie nach Sparta bitten sollten.

Und so brachen fast alle adligen heiratsfähigen griechischen Jünglinge auf, um sich am Hof von Tyndareos um die Hand der Schönen zu freien. Allein Agamemnon erschien nicht, denn er hatte zuvor des Tyndareos zweite Tochter Klytaimnestra geheiratet.

Unter den vielen Bewerbern um Helena fand sich auch Odysseus, der Herrscher von Ithaka ein.

Inzwischen überfielen Tyndareos Zweifel.

„Wie kann ich verhindern, dass abgelehnte Freier voller Ingrimm und Enttäuschung mich oder andere mit Feindschaft oder gar Krieg überziehen?"

Odysseus bekam seine Bedenken zu hören. Bekannt für seine Urteilskraft und Lösungsfindung in schwierigen Fällen meinte er:

„Wie wäre es – gleichgültig für wen Helena und du sich entscheiden – wenn wir alle ein Gelübde unterschreiben, dass jeder von uns diese Entscheidung akzeptiert und ohne Groll sich zurück in seine Heimatstadt aufmacht. Zum anderen sollte jeder der Bewerber ein Gelübde unterschreiben, dass er dem gewählten Freier in jeder Notlage beisteht."

„Eine gute Idee," meine Tyndareos erleichtert, „am besten trägst du diesen Vorschlag morgen sämtlichen Freiern vor. Und du hast ja schon, wie mir zu Ohren gekommen ist, ein Auge auf Penelope, meines Bruders Tochter geworfen?"

Auf die letzte Frage gab Odysseus keine Antwort, und so kam es denn auch, Penelope wurde seine Frau.

Odysseus trat vor die versammelte Schar und verkündete ihnen diese Idee.

Die Freier sahen diese Lösung als fair und gerecht an und stimmten zu.

Mit Spannung erwartete man nun die Entscheidung.

Mit viel Pathos in der Stimme und Stolz las Tyndareos das Ergebnis vor.

Er und Helena, wahrscheinlich mehr Tyndareos, entschieden sich für Menelaos, dem Tyndareos sein Königtum in Sparta übergab.

Menelaos war der Bruder von Agamemnon, Herrscher von Mykene, was für den Fortgang der Geschichte von großer Bedeutung ist.

Aus ihrer Ehe entsprang eine Tochter namens Hermione.

Eine dramatische Liebesgeschichte

Zweites Vorspiel
Szenen am Hofe von Troja

Am Eingang der Dardanellen lag die Stadt Troja, die durch den lebhaften Schiffsverkehr aus Richtung und in Richtung Schwarzes Meer einiges an Zollgebühren kassierte.

Hohe befestigte Mauern umgaben den Ort, um sich vor Piraten und neidischen Fürsten zu schützen.

Herakles hatte diese Stadt dereinst zerstört und Priamos, Sohn des Laomedon und König von Troja, hatte die Stadt wieder in alter Schönheit entstehen lassen. Mit seiner Frau Hekabe hatte er fünfzehn Söhne, mit anderen Frauen weitere einunddreißig männliche Nachkommen und zwölf Töchter.

Eine dieser Töchter war Kassandra, die wegen ihrer Schönheit von Apollon geliebt wurde. Um sie zu erobern, hatte er ihr versprochen, sie in der Kunst der Wahrsagung und Zukunftsschau zu unterweisen. Als sie ihn aber hinterging, bestrafte er sie mit dem Fluch, dass ihr die Menschen ihre Voraussagen nicht glauben würden.

Als Hekabe mit Paris schwanger war, hatte Kassandra einen furchtbaren Traum. Dieses Kind würde die Ursache dafür sein, dass Troja in Flammen aufgehen würde.

Voller Furcht vertraute sie diese Eingebung ihrer Mutter und ihrem Vater an. Anfänglich wirkte der Fluch des Apollon noch nach und man glaubte ihr nicht.

„Träume müssen nicht immer Wirklichkeit werden. Jeder hat manchmal nächtliche Erscheinungen, die ihn zutiefst quälen und beunruhigen, aber der neue Morgen lässt alles Schall und Rauch werden."

Doch Kassandra gab nicht auf.

„Im Traum sprechen die allwissenden Götter zu uns und können uns zukünftiges Unheil androhen. Glaubt mir! Ich sah Troja in einem loderndem Feuer untergehen, wenn dieses Kind geboren

14

Helena und Paris

wird. So schwer es uns fallen mag, wir müssen das Kind gleich nach der Geburt weggeben, damit Troja leben wird."

Schließlich gaben die Eltern nach.

Gleich nach der Geburt gab Priamos das Kind einem Hirten vom Ida-Gebirge, damit er das Kind aussetze.

Hekabe weinte bitterlich und warf noch schnell einen Blick auf den kleinen Knaben, bevor Priamos den Knaben an den Hirten übergab. Trotz seines hohen Alters hatte auch er auch Tränen in den Augen.

Der Hirte hatte Mitleid mit dem Säugling und zog ihn groß. Schon als kleiner Junge liebte er die Ziegen und Schafe, die er hüten musste.

Er lernte eine Nymphe namens Oinone kennen, in die er sich verliebte und sie in ihn. Sie besaß große Heilkräfte und immer wenn er ein Problem hatte, ließ er sich von ihr heilen.

Die Kunde von dem schönen Jüngling sprach sich bis an den Königshof von Sparta herum.

Priamos schickte einen Abgesandten, der sich den Jüngling anschauen sollte.

Da konnte der Hirte nicht anders als zu beichten, dass er es damals nicht übers Herz gebracht hatte, das Kind zu töten.

So wollte man den Jungen, der jetzt den Namen Paris trug, wieder an den Hof holen.

Oinone jedoch bat ihn flehentlich, nicht zu gehen.

„Verlasse mich nicht. Ein wenig vermag ich in die Zukunft zu schauen und mich schaudert es vor dem, was dir passieren wird. Viel Leid wird über dich und Troja kommen. Du kannst es dir ersparen, wenn du hier bei mir und den Tieren bleibst."

Doch Paris hörte nicht auf sie und ließ sie weinend zurück.

Hätte er gewusst, was ihm dadurch später passieren würde, hätte er auf ihre Warnung gehört.

Aber die Jugend hat das Vorrecht des Optimismus und so zog er freudestrahlend in den Königshof zu Hekabe und Priamos ein. Dort schienen alle Warnungen und Voraussagen vergessen zu sein und niemand wollte mehr auf Kassandra hören.

„Du mit deinen Schwarzmalereien hast uns fast unseren Bruder geraubt. Schau an, welch prächtiger Bursche er geworden ist. Wir glauben, die Götter meinen es gut mit ihm."

Schmollend zog sich Kassandra in ihr Gemach zurück. Apolls Rache schien nicht von kurzer Dauer zu sein.

Drittes Vorspiel
Peleus erobert Thetis

Unten am Grunde des Meeres lebte der Meeresgott Nereus. Er nahm die Okeanide Doris, eine der Meeresnymphen zur Frau und zeugte mit ihr die fünfzig Nereiden, liebliche Meermädchen.

Eine von ihnen, Thetis, war besonders hübsch geraten und zwei der großen Götter, nämlich Zeus und Poseidon hatten ein Auge auf sie geworfen.

Jedoch Themis, die Göttin der Gerechtigkeit, warnte beide.

„Wenn ihr tatsächlich diese Nymphe freien wollt, so bedenkt: Es gibt einen alten Mythos, der besagt: Sollte ein Sohn aus dieser Liason geboren werden, so wird er seinen Vater an Macht und Stärke übertreffen."

Das lag natürlich überhaupt nicht im Interesse der beiden Götter. Keineswegs wollten sie wieder ins zweite Glied zurückkehren, nachdem sie die Titanen besiegt und Himmel, Meer und Unterwelt unter sich aufgeteilt hatten.

Lieber wollten sie die Nymphe einem Sterblichen überlassen. So ergab es sich, dass Peleus, der Sohn des aiginischen Königs Aiakos, ins Spiel kam.

Eines Abends ging Peleus am Strand spazieren und erblickte die Nereiden, wie sie anmutig miteinander spielten.

Mit Sicherheit waren wieder die Götter bei diesen Spielchen involviert, denn mit traumwandlerischer Sicherheit fiel der Blick Peleus' auf die Nereide Thetis.

Er versuchte sie zu erobern. Aber nicht umsonst hatte die Nymphe göttliche Fähigkeiten. Sie verwandelte sich erst in eine Schlange, doch Peleus hielt sie fest. Die Umwandlung in einen Drachen half ihr auch nicht, so versuchte sie als letztes als fauchender Löwen sich ihm zu entwinden. Aber Peleus stand auch diesen Kraftakt durch.

„Ich fühle, du hast starke Götter an deiner Seite. So ergebe ich mich."

Dieser Liason sollte später der berühmte Achilles entspringen.

Viertes Vorspiel
Die Hochzeit von Peleus und Thetis

Wenn sich Sterbliche mit Göttern vereinigen, dann ist dieses seltene Ereignis eine große Feier wert.

Zeus selbst übernahm die Planung und alles was auf Erden und im Olymp Rang und Namen hatte, war zu dieser Hochzeitsfeier eingeladen.

Die Tische bogen sich vor trefflichen Speisen und die Amphoren enthielten vorzügliche Ambrosia und die besten Weine von Hellas.

An allen Tischen herrschte eine fröhliche und ungezwungene Unterhaltung und mit zunehmendem Weingenuß wurden die Gespräche etwas lauter.

Plötzlich ging am Saalende die Tür auf und eine etwas heruntergekommene Gestalt zeigte sich mit einem boshaften Ausdruck im Gesicht.

Zeus atmete dreimal kräftig durch.

Ausgerechnet diese Unperson, Eris, die Göttin der Zwietracht, hatte er bewusst nicht eingeladen, weil er eine harmonische und friedliche Feier im Sinn hatte. Ohne Zank und ohne Streit.

Eine dramatische Liebesgeschichte

Und jetzt stand sie plötzlich wie eine Rachegöttin vor der Tür. Das hatte nichts Gutes zu bedeuten.

Eris griff jetzt in einen Beutel, den sie umgehängt hatte, und holte einen goldenen Apfel hervor. Sie prüfte kurz die Anwesenden, ging in die Hocke und kullerte den Apfel in Richtung des Tisches an dem Hera, die Gattin des Zeus, Athena, die Göttin der Weisheit und Aphrodite, die Göttin der Liebe, saßen und sich lebhaft unterhielten. Wer weiß, wen sie alles kritisch unter die Lupe nahmen?

Neugierig, wie auch Göttinnen sein können, hob Hera den Apfel auf.

„Da steht ja etwas drauf," meinte Athena, „lies doch mal vor!"
Hera drehte den Apfel in der Hand.

„Der Schönsten," steht drauf.

Die zuvor angeregte Unterhaltung fand ein jähes Ende. Die drei musterten sich eingehend, bevor Aphrodite kühn sagte: „Ich glaube, der Apfel ist für mich bestimmt."

Kaum hatte sie das von sich gegeben, protestierten die anderen beiden.

Hera fand als erstes die Worte wieder.

„Mußt du dich immer in den Vordergrund spielen. Glaubst du denn, der Apfel ist auf dich gemünzt, nur weil du so viele Affären hast, die wir gar nicht alle aufzählen wollen."

Athena stieß in die gleiche Kerbe.

„Glaubst du denn, du bist die Schönste, weil die Männer, auch leider welche vom Olymp, immer hinter dir her sind?"

Aphrodite wurde jetzt etwas lauter.

„Ihr seid doch nur eifersüchtig! Hättest du, Hera, ein wenig mehr von meinem Aussehen, dann wäre Zeus nicht immer bei den sterblichen Damen unterwegs. Und du, Athena, du mit deinem jungfräulichen Getue, meinst du, das verhilft zu Schönheit und Anziehung?"

Zeus saß am Nachbartisch und runzelte die Stirn. Die Auseinandersetzung war nun nicht mehr zu überhören.

Als die Diskussion nebenan kein Ende nahm und immer lauter wurde, stand er auf und ging auf die Damen zu.

Er versuchte so leise wie möglich, aber auch so deutlich wie möglich zu sprechen, denn an den anderen Tischen war man bereits aufmerksam geworden.

„Ist euch eigentlich bewusst, dass ihr euch unter den vielen Sterblichen hier etwas unmanierlich benehmt und uns Olympiern fast schon Schande macht! Schließlich sind wir hier, um unserem jungen Hochzeitspaar die Ehre zu erweisen. Was ist überhaupt der Grund eures Streites?"

Hera zeigte ihm den Apfel der Eris.

„Siehst du diesen Apfel, der der Grund des Zankes ist?"

Zeus war einen Blick drauf und schaute nacheinander alle drei an.

„Das ist eine Entscheidung, die wir hier nicht abschließend fällen können. Ich schon mal gar nicht! Aber ich habe eine Idee, wie wir diesen Streit salomonisch beenden können. Aber jetzt bitte ich euch, verhaltet euch, wie es sich für Damen vom Olymp geziemt."

Kaum hatte Zeus geendet, stand Hera als erste auf und verließ hoch erhobenes Hauptes den Saal. Athena folgte auf dem Fuß, ohne noch einen Blick in die Runde zu werfen. Aphrodite nestelte noch etwas an ihren Stöckelschuhen und suchte dann leichten Schrittes das Weite.

„Jetzt muß ich mir ernsthaft Gedanken machen, wie wir dieses Problem lösen können," murmelte Zeus vor sich hin.

Es dauerte etwas, bis sich die Stimmung im Saal etwas normalisierte. Zeus entschuldigte sich noch bei Peleus und Thetis.

„Nehmt das kleine Geplänkel der drei Göttinnen nicht allzu tragisch. Es sind halt Frauen! Ich wünsche euch ein harmonisches Miteinander und viele und gesunde Nachkommen!" und machte sich auf den Weg zum Olymp.

Eine dramatische Liebesgeschichte

Fünftes Vorspiel
Das Urteil des Paris

Zeus grübelte lange über eine Lösung. Da fiel ihm Paris, der Sohn des Priamos ein.

„Dieser Junge, der so lange mit dem Hirten und seinen Herden am Ida lebte, hat sicher ein ungetrübtes und sicheres Urteilsvermögen. Den werden wir als Schiedsrichter bestimmen."

Er schickte Hermes los, die erste antike Mißwahl zu arrangieren. Schnell spürte Hermes den Jungen auf, der jetzt am Ida die Herden des Königs Priamos hütete.

Paris erschrak, als der Götterbote so aus dem Nichts bei ihm auftauchte.

„Du bekommst jetzt eine schwierige Aufgabe, junger Mann. Bei dir werden in Bälde drei hübsche Damen auftauchen. Nimm all dein männliches Gespür und dein Urteilsvermögen zusammen und gib ein Urteil über das ab, was die drei Damen von dir verlangen. Diese Entscheidung soll später deinen Namen tragen und dich in der Nachwelt berühmt machen."

Kaum hatte Hermes geendet, als drei strahlende weibliche Geschöpfe vor ihm auftauchten. Er musste die Augen schließen, so geblendet

Das Urteil des Paris; Francesco Albani (1578-1660); Madrid, Prado

Helena und Paris

war er von soviel Schönheit.

Hera als Gattin des Zeus nahm sich das Recht, den Jungen nochmals eindringlich auf seine Aufgabe vorzubereiten.

„Bedenke bei allem was du tust und über was du als Richter entscheidest: Alles wird Folgen haben, die du jetzt noch nicht überblicken kannst. Zeus hat dich ausgewählt, unter uns dreien die Schönste auszuwählen, weil er dir eine faire Urteilskraft zutraut."

Paris erschrak ein wenig vor der Aufgabe, die vor ihm lag, und senkte ein wenig den Kopf.

Für wen sollte er sich entscheiden? Und vor allem, er konnte ja nur eine wählen, und wie würden dann die anderen beiden reagieren?

Während sich bei ihm im Kopf alles drehte, wandte sich Hera ihm zu:

„Wenn du mir den Preis zukommen lässt, dann verspreche ich dir Macht und grosse Reiche. Du wirst Herrscher über viele Völker werden."

Athena folgte: „Wähle mich, und ich verheiße dir Ruhm unter den Menschen. In vielen Jahren, Jahrhunderten wird man noch über dich, deine Weisheit und deine Taten reden."

Aphrodite schaute ihn mit einem lasziven Augenaufschlag an und meinte: „Was sind diese Versprechungen gegenüber dem Geschenk, das ich für dich bereit habe. Ein ungewöhnliches Präsent: Die schönste Frau der Welt soll dir gehören."

Urteil des Paris
Lucas Cranach d.Ä.(1472 - 1553): Gotha, Landesmuseum

21

Eine dramatische Liebesgeschichte

Das Urteil des Paris
Peter Paul Rubens, 1577-1640
National Gallery, London

Paris schaute noch einmal alle drei an und, ein wenig verlegen, entschied er sich für die Liebesgöttin, vor deren Schönheit und Anmut der Reiz der anderen etwas verblasste.

Hera und Athena wandten sich spontan um und verließen voll göttlichem Zorn die Wahlstatt.

Etwas verängstigt schaute Paris ihnen hinterher.

Er wollte noch einen Blick auf Aphrodite werfen und sie um Rat fragen, aber sie hatte sich schon in Luft aufgelöst.

Nun war er allein mit seinen Herden.

Das Ereignis ging ihm nicht aus dem Kopf.

„Wer ist die schönste Frau der Welt? Und ob die mich überhaupt haben will?" dachte

Urteil des Paris; Girolamodi Benvenuto; Paris, Louvre

er bei sich, „und die anderen beiden, die sich zurückgesetzt fühlten, was werden die jetzt gegen mich unternehmen? Nie war ihm zu Ohren gekommen, dass antike Götter verzeihen konnten."

Am Abend musste er die Geschichte loswerden und erzählte sie

Helena und Paris

Das Urteil des Paris; Sandro Botticelli, 1445 - 1510

seiner Mutter. Kassandra, seine Schwester, hörte interessiert zu.
„Das wird doch wohl nicht der Auslöser für das Unheil sein, das über Troja kommen soll?" fiel ihr der alte Traum wieder ein.
Seine Mutter schüttelte den Kopf.
„Sag mal, bist du beim Hüten der Herden eingeschlafen und hast alles nur geträumt. Weißt du überhaupt, wer die schönste Frau der Welt ist? Nein?" Paris schüttelte den Kopf.
„Das ist Helena, die Gemahlin des Menelaos, des Königs von Sparta. Es dürfte unwahrscheinlich sein, dass sie auch nur einen Blick auf dich wirft. Je mehr ich darüber nachdenke, desto mehr glaube ich an einen Traum, der dich überfiel."
Kassandra war da nicht so sicher.
„Manchmal zeigen die Unsterblichen sich im Traum und kündigen künftige Ereignisse an, die sie für uns beschlossen haben und denen wir nur schwer entgehen können. Das beste wäre für dich: Halte Abstand von schönen Frauen, besonders wenn sie in prominenter Stellung stehen und vor allem wenn sie verheiratet sind."
Paris stand etwas betroffen da und wusste nun selbst nicht mehr so recht, was Wahrheit und was Einbildung war. Schließlich hatte er nichts in der Hand, was hätte Zeugnis für seine Begegnung abliefern können.

Eine dramatische Liebesgeschichte

Oben im Olymp zeigte Zeus etwas nachdenkliche Reue.
„Jetzt habe ich mir etwas Schönes eingebrockt. Wie ich die drei Damen kenne, dürfte hier oben so etwas wie eine Eiszeit einziehen. Frauen scheinen dem Begriff Verzeihung eine untergeordnete Bedeutung beizumessen."

Paris auf der Fahrt nach Sparta

Paris war wieder in den Königshof von Troja integriert. Er hütete weiterhin die Herden des Vaters und nahm an Wettspielen teil. Er erwies sich als ein geschickter Kämpfer und war bei sportlichen Veranstaltungen oft mit dem Lorbeerkranz gekrönt.
Aber immer wieder tauchte das Bild der drei Göttinnen auf.
„Ob Göttinnen ihre Versprechen einhalten," dachte er oft bei sich, „oder war das nichts weiter als eine Art Beeinflussung meines Urteils. Sicher hat Aphrodite mich längst vergessen und erst recht ihr Versprechen."
Aber das schien ihm nur so, Aphrodite dachte schon noch an den jungen Paris, aber zum einen haben die Götter Zeit, was sie eben von den Menschen unterscheidet, und zum anderen bedurfte es eines günstigen Zeitpunktes für ihre Pläne.
Schließlich hatte sie ihm nicht irgendeine Schöne versprochen, sondern die schönste Frau der Welt. Und das war niemand anders als Helena, die Gemahlin des Königs von Sparta.
Und dann ging es Schlag auf Schlag.
Aphrodite gab dem jungen Paris ein, er müsse dringend eine Reise zum Peloponnes antreten. Und so rüstete er ein Schiff, um davon zu segeln.
Bevor er jedoch das Schiff betrat, kam Kassandra auf ihn zu.
„Bitte fahre nicht. Bleibe hier. Diese Fahrt wird für dich und Troja Tod und Verderben im Gefolge haben. Kannst du dich noch an meinen Traum erinnern, den ich dir voll Angst geschildert habe."

Doch die Verlockungen der Liebesgöttin waren stärker.

Enttäuscht musste Kassandra wieder erleben, dass der Fluch des Apoll auf ihr ruhte. Kein Mensch glaubte ihren Eingebungen.

Paris hatte sechs erfahrene Matrosen angeheuert, denn die Ägäis zeigte sich oft von ihrer stürmischsten Seite.

Ohne große Zwischenfälle erreichte Paris die Insel Kythera an der westlichen Spitze des östlichsten Fingers des Peloponnes.

Diese Insel lag in der Nähe des Ortes im Meer, an dem die Göttin der Liebe schaumgeboren zur Welt kam und dann weiter von warmen Strömungen nach Zypern geführt wurde, um bei Paphos aus dem Meer zu steigen.

So gab es auf der Insel einen berühmten Tempel der Aphrodite, den Paris aufsuchte, um ihr zu opfern. Geschickt hatte es Aphrodite eingefädelt, dass zum gleichen Zeitpunkt die schöne Helena ebenfalls vom Festland auf die Insel gekommen war, um diesen Tempel aufzusuchen.

Als sich Paris mit seinen wenigen Getreuen dem Tempel näherte, sah er die Königin das erstemal inmitten ihres Gefolges beim Betreten des Tempels, wusste aber nicht wer sie war.

Neugierig schaute er zu dem Troß und fühlte sich fast geblendet von soviel Schönheit.

Andromache, die Frau seines Bruders Hektor war eine schöne Frau, aber mit dieser konnte sie wohl kaum mithalten. Und seine Schwester Kassandra konnte man auch als hübsch bezeichnen, sonst hätte Apollon sich nicht für sie interessiert. Aber sie nervte ständig durch ihre Ahnungen und Warnungen.

Wer also konnte diese Schöne sein?

„Glaukos," rief er seinen Steuermann, „nähere dich doch mal unter einem Vorwand den jungen Mädchen und versuche herauszufinden, wer diese Dame ist. Sie scheint von adligem Geblüt zu sein."

Der Seemann schlenderte langsam auf eines der Mädchen zu, die etwas außerhalb der Gruppe stand.

„Sag mal," hub er etwas verlegen an, „mein Herr lässt fragen, wer diese schöne Dame ist."

„Das weißt du nicht," entgegnete das Mädchen etwas schnippisch, „das weiß doch hier jedes Kind. Es ist Helena, die Gemahlin unseres Herrschers Menelaos." Sie machte eine kleine Pause.

„Und wer seid ihr, dass ihr so unwissend daherkommt?"

„Wir kommen vom stolzen Troja und sind auf dem Weg zum Peloponnes. Mein Herr ist der Sohn von Priamos, des berühmten Herrschers von Troja."

Mittlerweile hatte Helena mitbekommen, dass eines ihrer Mädchen in ein Gespräch mit einem Fremden verwickelt war.

„Mine, gibt es etwas Neues, das ich nicht wissen soll?"

„Nein, Herrin, da ist ein junger Prinz von Troja. Er ließ fragen, wer ihr seid."

Jetzt erst blickte Helena erstaunt auf Paris. Er kam ihr vor wie ein junger Gott. Schlank, muskulös, braungebrannt von der Fahrt auf dem Meer, mit gewelltem Haar und einem sauber gestutzten Bart. Aber es hieß Anstand zu waren, schließlich war sie die Ehegattin eines der berühmtesten Herrscher von Hellas.

Aphrodite hatte das ihrige dazu getan, um ihn strahlend erscheinen zu lassen.

Kurz entschlossen ging sie auf Paris zu.

„Ihr kommt von Troja, habe ich gehört," fragte sie wie beiläufig, „was hat euch den langen Weg übers Meer bis nach Kythera geführt?"

Wie ein Blitz durchzuckte Paris das Gefühl von brennender Liebe zu dieser Frau.

„Man sagte mir, hier sei der berühmte Tempel der Aphrodite. Den wollte ich auf meiner Fahrt kennenlernen, um ihr ein Opfer zu bringen."

Das Erlebnis mit den drei Göttinnen wollte er tunlichst verschweigen. Wer weiß, ob sie ihn nicht ausgelacht hätte.

Helena überlegte einen Moment.

„Wir sind etwas in Eile, weil wir dringend wieder in Sparta erwartet werden. Aber du bist ein Königssohn. Ich glaube, Menelaos würde dich gern einmal kennen lernen, denn wir haben schon viel von der berühmten Stadt am Hellespont gehört. Ich glaube sogar, dass Menalaos früher schon einen geschäftlichen Abstecher in die Gegend gemacht hat. So macht euch auf und kommt uns am Hof von Sparta einmal besuchen."

Unerkannt schmunzelte Aphrodite in der Nähe. Ihre sanften Waffen schienen wie Feuer zu wirken.

Helena winkte ihrem Gefolge und machte sich auf zu ihren Pferden und ihrem Wagen, um zu den Schiffen zu gelangen, die sie hinüber zum Festland bringen würden.

Sie drehte sich dabei noch einmal um und hob kurz zum Abschiedsgruß die Hand.

Paris fühlte sich etwas schwindelig. Von den Ereignissen fühlte er sich fast wie überrollt. Er rief sich ins Gedächtnis: Was hatte Aphrodite ihm versprochen? Die schönste Frau der Welt? Diese Frau, die er soeben gesehen und mit ihr gesprochen hatte? Das musste ein leeres Versprechen sein. Wie sollte das möglich sein? Sie, die Gemahlin des weithin geschätzten Herrschers von Sparta? Das beste wäre, enttäuscht auf das Schiff zurückzukehren und weiter zu segeln.

Aber Aphrodite ließ ihn nicht zur Ruhe kommen.

„Da ist doch diese Einladung an den Hof der Königin," dachte er bei sich, „soll ich diese Einladung ausschlagen? Bei allen Göttern, die ihr mir wohlwollend gesinnt seid, ich nehme die Einladung an."

Er trommelte seine Mannschaft zusammen.

„Männer," erklärte er ihnen, „wir machen eine kleine Änderung in unserem Reiseprogramm. Wir stechen wieder in See hinüber zum Peloponnes und machen uns auf nach Sparta. Menelaos ist für seine Gastfreundschaft bekannt und er wird uns drüben sicher großzügig mit Speise und Trank bewirten."

Eine dramatische Liebesgeschichte

Olympisches Zwischenspiel

Oben am Olymp frohlockte Aphrodite. Die Dinge unten auf Erden schienen in ihrem Sinn zu verlaufen. Paris brannte schon lichterloh, jetzt galt es nur noch Helena ein wenig für ihn zu motivieren, denn sie wirkte noch etwas reserviert.

„Siehst du, Vater Zeus," (sie sagte respektvoll Vater zu ihm, obwohl er bei ihrer Entstehung überhaupt nicht beteiligt war, denn sie hatte die wohl merkwürdigste und geheimnisvolle Geburt aller Olympier) „du hast das ganze mit deiner Gästeauswahl angestoßen. Dann hast du durch Hermes die Schönheitswahl arrangieren lassen. Jetzt stehe ich irgendwie in der Pflicht und muß mein Versprechen einlösen. Wie man sieht, bin ich gerade dabei, zarte Bande zu knüpfen. Ob das irgendwelche Folgen nach sich ziehen wird, das weißt sicher nur du in deiner Allwissenheit. Aber eines steht fest: Liebesbande sind stärker als Grenzen und Mauern."

„Mag sein," brummte Zeus etwas indigniert vor sich hin, „auf jeden Fall müssen wir schauen, daß wir einigermaßen souverän aus dem sich wohl anbahnenden Debakel herauskommen."

„Was meinst du damit?" wollte Aphrodite wissen.

„Lassen wir die Ereignisse auf uns zukommen und entscheiden dann von Mal zu Mal," brach Zeus die Diskussion ab.

Aphrodite merkte alsbald, dass ihm die Fragerei nicht behagte und verließ den Olymp. Hera hatte sie ohnehin nicht gesehen, denn seit der Wahl am Ida-Gebirge war Hera auf sie nicht gut zu sprechen und mied ihre Gegenwart nach Möglichkeit.

Ja, auch Götter können nachtragend sein!

Empfang in Sparta

Paris hatte das Schiff im Hafen festmachen lassen und brach mit seinen Mannen nach Sparta auf. Sie wurden unterwegs überall herzlich willkommen geheißen, denn Menelaos hatte seine Untertanen angehalten, seine Gäste aus Troja gebührend zu empfangen.

Vor dem Palast wurde Paris von zwei Schwarzen empfangen, die mit einem Kundschafter aus Nordafrika nach Sparta gekommen waren.

Es war heiss an jenem Tag und die beiden fächelten den Gästen mit Palmwedeln ein wenig frische Luft zu.

„Folgt uns! Unser Herr erwartet euch bereits."

Durch einen langen Gang, in dem rechts und links große Tonfiguren und Vasen standen, erreichten sie den Thronsaal.

Menelaos saß in einem breiten Stuhl, dessen Lehne und Seiten mit mythischen Bildern geschmückt waren.

Hinter ihm, etwas zurückgesetzt saß Helena in einem Stuhl, der mit Pfauenfedern prächtig ausstaffiert war.

„Willkommen in meinem Haus," begann Menelaos, „ich hoffe, ihr habt eine gute Reise gehabt und es hat euch an nichts gefehlt."

„Die Götter hatten es offenbar gut mit uns gemeint, denn weder Seeräuber noch Diebe störten unsere Reise. Dir sei Dank für deine großzügige Einladung. Vielleicht können wir, mein Vater Priamos und ich, uns irgendwann einmal revanchieren."

„Ihr seid sicher müde und hungrig. Ich habe die Diener angewiesen, euch ein Bad zu bereiten. Danach wollen wir euch als Gäste mit einem Mahl bewirten."

Erfrischt betraten die Troer wieder den Königssaal, in dem fleissige Diener inzwischen aufgetragen hatten, was die Gegend an Wild, Früchten, Wein und Süßigkeiten hergab.

„Nimm zwischen mir und Helena Platz," lud Menelaos den trojanischen Königssohn ein, „dann können wir uns ungezwungen unterhalten."

Zu den Dienern: „Tragt auf und schenkt uns kühlen Wein aus den Amphoren ein. Unsere Gäste sollen ihren Aufenthalt bei uns in ihrer Heimat lobpreisen."

Eine dramatische Liebesgeschichte

Menelaos unterhielt sich mit einem seiner Heerführer zur Linken, so dass Paris Gelegenheit hatte, sich Helena zu widmen.

Verstohlen schaute er sie bei der Unterhaltung ab und zu von der Seite an.

„Selbst Göttinnen können ihr nicht das Wasser reichen," dachte er so bei sich, wollte aber keine beim Namen nennen, denn man weiß ja nie.

Wie grazil sie das Weinglas an die Lippen setzte! Wie elegant sie die kleinen Häppchen zu sich nahm, während Menelaos an ihrer Seite kräftig zulangte und auch dafür sorgte, dass sein Weinglas nicht leer wurde.

Sollte die Sage stimmen, dass Helena ein Kind des Zeus sei, so war in seinen Augen der heutige Abend und die beiden Begegnungen mit ihr der beste Beweis. Nur ein Gott konnte so viel Schönheit zeugen.

Helena verabschiedete sich früh mit ihren Dienerinnen.

„Solche Feste sind etwas für Männer. Du hörst, es wird ringsherum lauter. Dann ist es immer Zeit für mich zu gehen."

Die Diener wiesen spät am Abend den Troern zwei Räume zum Schlafen zu. Paris konnte lange nicht einschlafen, zu sehr hatte ihn die Begegnung mit dieser Frau bewegt. Immer wieder rief er sich die Verheissung der Aphrodite ins Gedächtnis.

Nein! Das konnte nur ein leeres Versprechen sein!

Am nächsten Tag ergab sich die Gelegenheit für Paris, mit Helena ein paar Worte unter vier Augen zu wechseln.

Inzwischen hatte auch Aphrodite nicht geruht und das Feuer der Liebe auch im Herzen von Helena entfacht.

Er fasste seinen Mut zusammen und gestand ihr:

„Meine ganze Reise über das Meer galt im Grunde nur dir. Jetzt kann ich es dir ja gestehen. Zeus hatte mich auserwählt, einen Streit der drei Göttinen Hera, Athena und Aphrodite zu schlichten, indem ich der Schönsten den goldenen Apfel der Eris überreichen sollte.

Aphrodite hatte mich verzaubert und versprach mir die schönste Frau der Welt, dich, Helena. Und nun bin ich hier und möchte dich hinfortführen aus Sparta in das stolze Ilion."

Helena wandte sich gespielt empört ab und schwieg zu diesem Ansinnen, als ob sie nichts gehört hätte. Sie schien zu überlegen.

Gewaltige Gegensätze prallten in ihrem Gewissen aufeinander.

Hier die Sicherheit an der Seite eines berühmten Königs, ihre Tochter Hermione, all ihre Diener und Dienerinnen, die ihr ans Herz gewachsen waren. Und der herrliche, von ihrem Vater Tyndareos übernommene Palast.

Auf der anderen Seite ein junger Mann, der ihr inzwischen wie Apollon selbst schien, fast wie Dionysios, der in flammender Liebe zu ihr entbrannt schien und zu dem auch in ihrem Herzen ein loderndes Feuer entfacht war.

„Ist es sinnvoll und erstrebenswert, sein Leben stets an einer Stelle zu verbringen, in Wohlstand und Sicherheit, mit den gleichen Rhythmen des Alltags, mit denselben Festen und Feiertagen oder führt mir das Schicksal, also die Götter, jetzt die Gelegenheit zu, auszubrechen und der mächtigen Stimme der Liebe zu folgen, alles hinter mir zu lassen und an der Seite des jugendlichen Helden ein neues Leben zu beginnen?" dachte sie bei sich, „Und vor allem, wie wird Menelaos reagieren, wenn er diese Untreue bemerken wird. Wird er das auf sich beruhen lassen oder wird er einen Rachefeldzug starten? Was wird mit Hermione geschehen?"

Doch Aphrodite erwies sich in diesem Fall als gewissenlose Göttin, die jetzt von ihrem versprochenen Plan nicht mehr abzubringen war.

Ohne Skrupel löschte sie in Helenas Gewissen sämtliche Bedenken.

Aber die Zeit war noch nicht günstig, denn Menelaos und seine Diener beobachteten alles und so blieb den beiden nichts anderes übrig, als ab und zu sich nach diesem Bekennergespräch von Paris verstohlen liebevolle Blicke zuzuwerfen.

Neun Tage lang war nun Paris bereits Gast im Hause des Menelaos, als dieser zu Begräbnisfeierlichkeiten für seinen Großvater nach Kreta segeln mußte.

Vorher gab er seiner Helena noch einige Empfehlungen.

„Ich erwarte von dir und unseren Dienern, dass ihr euch weiterhin um unsere Gäste kümmert und es ihnen an nichts fehlt. So als ob ich noch da wäre."

Helena nickte.

„Wir werden unsere Gäste auch in deiner Abwesenheit gebührend bewirten."

Irgendwie spürte sie im Inneren eine Art Stich bei dieser Lüge. Aber wieder wischte Aphrodite sämtliche Bedenken weg und ließ allein den Liebesdrang gelten.

Als Menelaos mit seinen Getreuen den Palast verließ, standen Helena und Paris zusammen mit sämtlichen Bewohnern am Tor und winkten ihm zum Abschied.

Kaum war er nicht mehr zu sehen, nahm Helena ihre beiden Sklavinnen beiseite und eröffnete ihnen ihr Vorhaben, mit Paris eine Seereise zu machen, gebot ihnen aber strengstes Schweigen gegenüber jedermann. Vom Ziel Troja fiel aber kein Wort.

Eilig packte Helena mit den beiden eingeweihten Mädchen die wichtigsten Dinge wie Kleidung und Schmuck zusammen und mitten in der Nacht verließen sie Sparta.

Zuvor hatten Helena und Paris noch eine wahnwitzige Idee. Sie ließen auch die Schätze des Menelaos mitgehen.

Helena meinte schnippisch: „Das meiste gehört ohnehin mir, ich habe es von meinem Vater Tyndareos. Menelaos hat ja bei uns hineingeheiratet."

Bis heute weiß niemand, wer ihnen diese unsinnige Tat einflößte, denn das würde den ohnehin zu erwartenden Zorn des gehörnten Ehemanns nur umso mehr entfachen. Als ob Troja nicht genug

Schätze in seinen Mauern aufbewahrte.

Helena trifft Paris
Athen, Nationalmuseum

Der Raub der Helena

Zwischenszene auf dem Olymp

Zeus, dem nichts entging, bekam diesen törichten Raub mit. Etwas ungehalten wandte er sich an Aphrodite:

„Stammt diese Eingebung von dir? Ist es denn nicht genug, dass jetzt Paris mit meiner Tochter durchbrennt. Müssen es partout auch noch die Schätze des Menelaos sein?"

Aphrodite wies die Beschuldigung empört zurück.

„Zugegeben, bis jetzt habe ich da unten etwas Schicksal gespielt. Daß Helena ihren Schmuck und ihre sonstigen Pretiosen einpackt ist von meiner Seite noch nachzuvollziehen. Aber mit dem Herrscherschätzen habe ich nichts zu tun. Oder," sie wandte sich zu Ares um, „bist du mit deinem Hang zu Streit und Kampf derjenige, der

Eine dramatische Liebesgeschichte

den beiden diesen Floh ins Ohr gesetzt hat?"

Ares, so vor seinem Vater Zeus, der ihn ohnehin nicht gerade schätzte, bloßgestellt zu werden, wand sich ein wenig.

„Da ihr mich so direkt attackiert, muß ich wohl ehrlich sein. Also ich wars! Ich haben sie dazu angestiftet. Warum? Es ist einfach so langweilig unten auf der Erde geworden. Als ob die Menschen das Streiten verlernt hätten. Jetzt kann ich mit vorstellen, dass Menelaos doppelt wütend ist. Jetzt gibt es Zwist von der besten Sorte. Ganz in meinem Sinn! Sonst werde ich noch arbeitslos!"

Aphrodite schaute ihn etwas verächtlich an.

„Du bist und bleibst ein rauher Geselle. Ob du dich wohl noch mal ändern wirst!"

Ares überhörte einfach ihre schnippische Bemerkung.

Zeus hatte sich derweil abgewandt.

„Sollen die das untereinander ausmachen," dachte er bei sich, „ich habe Wichtigeres zu tun."

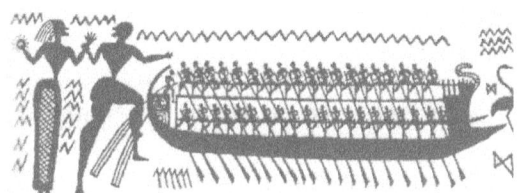

Der Aufbruch Helenas und Paris'
Skizze auf einem Gefäß (8.Jh.v.Chr.
Britisches Museum, London)

Die Entführung und Flucht

Paris hatte seine Leute vorausgeschickt.

„Macht das Schiff reisefertig und besorgt unterwegs noch Proviant für uns. Es könnte eine längere Reise werden."

Kaum waren die Männer weg, nahm Paris die schöne Helena in

die Arme und hauchte ihr den ersten Kuß auf die Lippen.
„Ich bin jetzt der glücklichste Mann der Welt. Nun gehören wir zusammen und niemand wird uns mehr trennen. Wir müssen nur acht geben, dass uns niemand verfolgt, daher gilt es schnell wie möglich, den Peloponnes zu verlassen."

Die Mannschaft wartete an der Küste bereits, das Schiff konnte in See stechen.

Paris fasste Helena zuvor an der Hand, bevor sie das Schiff betraten.

„Laß uns zuvor noch Poseidon um eine erfolgreiche Heimfahrt bitten," sagte er zu ihr. Zum Meer gewandt sprach er: „Poseidon, Herrscher der Wellen, Herrscher der Meere, Herrscher über alles Getier im Wasser, hilf uns, diese Reise glücklich zu beenden. Die Zeit drängt heute, sobald wir aber in Troja angekommen sind, will ich dir eine grosses Opfer bringen."

Sie segelten nicht allzu weit, nur bis Kranae, einer kleinen Insel vor der Küste des heutigen Gythion. Seither heisst dieses kleine Eiland auch „Insel der schönen Helena".

In einer kleinen Herberge verbrachten Paris und Helena ihre erste Nacht. Im Schein einer kleinen Öllampe bewunderte Paris die makellose Schönheit seiner Geliebten, bevor sie sich ihm hingab.

Für Helena war es eine neue Erfahrung nach der lange Ehe mit Menelaos. Paris erwies sich als stürmisch-zärtlicher Liebhaber.

„Ich möchte mit dir noch tagelang hier verweilen, auch wenn es kein Palast ist, wie du ihn von Kindheit an gewohnt bist. Wir sind jedoch noch nicht weit genug, um vor Verfolgern sicher zu sein."

Am nächsten Morgen kam ihm Helena noch schöner war. Sie strahlte und strich ihm zärtlich über das Haar.

„Wie du willst, du kennst dich auf dem Meer sicher gut aus."

Sie liefen bei günstigem Wind aus, doch die See wurde zunehmend unruhiger und der Wind mutierte zum Sturm.

Mit Müh und Not gelang es Paris und seinen Männern einen kleinen Hafen auf Kreta anzusteuern und ruhigeres Wetter abzuwarten. Helena, die bislang kaum das offene Meer kennengelernt hatte, war etwas ängstlich geworden.

„Glaubst du, wir werden auf diese Weise dein geliebtes Troja je erreichen."

Paris nahm sie wieder in den Arm.

„Götter halten meistens ihr Wort. So weit mir aus den Mythen, die mir meine Schwester Kassandra oft abends erzählte, bekannt ist, gibt es zwischen Poseidon und Aphrodite keine Streitpunkte. Daher wird sie uns sicher nach Hause geleiten. Ich möchte gar nicht so schnell den Heimathafen erreichen. Mir schwebt eine längere Reise vor, um mit dir die Schönheiten dieses Landes und seiner Inseln zu genießen."

Das Wetter hatte sich beruhigt und ein strahlend blauer Himmel spannte sich über der Ägäis.

Helena hatte sich inzwischen eine Art Schleier über Kopf und Gesicht gezogen, denn überall, wohin sie kam, wurde sie angestaunt. Den Männern blieb fast der Mund offen, sobald sie Helena erblickten. Auch die Frauen hielten an und bewunderten sie.

„Eine Göttin ist bei uns eingekehrt," ließ eine von ihnen verlauten, „wer mag sie sein und wo kommt sie her?"

Im Hafen trafen sie auf einen Segler, der vom Peloponnes kam und Kupfer von Zypern nach Hause transportieren wollte.

„Hast du Neuigkeiten aus Hellas mitgebracht" fragte Paris den Kapitän.

„Ja, es tut sich einiges, wie ich bei meiner Abreise noch vernommen habe. Menelaos und Agamemnon schicken überall nach Hellas hin Boten. Sie wollen eine große Flotte aufbieten und damit nach Troja ziehen. Ein trojanischer Prinz soll die Frau des Menelaos geraubt haben. Ein großes, nicht wieder gut zu machendes Vergehen in den Augen der Atriden."

Helena hatte den letzten Satz mit gehört und wandte sich etwas irritiert an Paris.

„Was hat das zu bedeuten? Glaubst du wirklich, Menelaos bringt eine Streitmacht zusammen, um nach Troja zu ziehen um mich zurückzuholen?"

Paris beruhigte sie etwas.

„Du kannst doch die Griechen. Nie sind sie sich einig, jeder kocht gern sein eigenes Süppchen. Auch wenn du zigmal die schönste Frau der Welt bist, die ich jeden Tag und jede Nacht voll Glück in meinen Armen halten kann, so kann ich mir kaum vorstellen, dass es Agamemnon und Menelaos gelingt, die Griechen zu motivieren, wegen einer verschwundenen Frau nach Troja zu ziehen."

Er schien ein wenig nachzudenken.

„Und wenn schon! Die Mauern von Troja sind stark und wir haben viele tapfere Männer, die es verstehen werden, dich und mich zu beschützen. Denke nur an unseren berühmten Helden Hektor, meinen Bruder. Wer kann ihm schon das Wasser reichen?"

Helena schien beruhigt.

„Wenn wir schon mal auf Kreta sind, dann laß uns doch die Höhle besuchen, in der der Sage nach Zeus geboren sein soll. Kassandra hat mir oft abends die Geschichten und Mythen unserer Götter erzählt. Diese Geschichte hatte ihr ein Seemann aus Kreta erzählt. Kronos, sein Vater, hatte aus Furcht davor, dass seine Nachkommen ihn vom Götterthron verjagen würden, sämtliche Kinder seiner Frau Rhea aufgefressen. Als Zeus als Jüngster geboren wurde, schob ihm Rhea einen in Stoff eingewickelten Stein zu, den Kronos gierig verschlang. Der junge Zeus kam eiligst in eine Höhle nach Kreta ins Ida-Gebirge, wo ihn die Ziege Amalthea ernährte. Wie alle Kinder hatte auch Zeus ab und zu das Bedürfnis, sein kindliches Unwohlsein in die Welt hinaus zu brüllen. Rhea bekam Bedenken, ob Kronos dieses Geschrei hören könnte. So engagierte sie daher Wächter, die Kureten, die jedesmal wenn Zeus über die Maßen laut war, mit ihren erzenen Schilden den Lärm übertönen mussten."

Paris machte eine Pause und schaute Helena liebevoll an.

„Fast hätte ich diese Geschichte vergessen. Wenn ich mit dir zusammen bin, habe ich das Gefühl, meine Phantasie bekommt Flügel und mir fällt wieder fast Vergessenes ein."

Helena lachte.

„Wir dürften noch einige Zeit zusammen unterwegs sein. Sicher fällt dir noch einiges von den Erzählungen Kassandras ein."

Sie ließen sich zu der Höhle führen, aber Helena schauerte trotz der Öllampe, die Paris entzündet hatte, vor der Tiefe der Höhle.

„Laß uns weiterfahren. Es soll noch viele andere Inseln bis nach Troja geben."

Der Zephyros, der Südwind, wehte, so dass ihr Schiff mit prallen Segeln von der Nordküste Kretas nach Norden weiterfahren konnte.

Sie gelangten zu einer anderen Insel, bei deren Einfahrt sie das Gefühl hatten, in ein großes, nach Westen offenes Amphitheater geraten zu sein. Ringsherum erhoben sich die Felsen, oben zeigten sich einige Häuser.

Helena staunte über die Schönheit dieser Insel.

„Es scheint, als ob man uns hier nicht willkommen heissen will."

Paris überlegte ein wenig.

„Mach dir keine Sorgen. Jede Insel hat irgendwo eine seichte Stelle. Wir werden sie finden, wenn wir um die Insel herum segeln."

Nach einer Pause: „Wenn ich mich recht erinnere, dann hat Kassandra mir etwas über diese Insel erzählt. Der Sage nach sollen hier früher Menschen gelebt haben, die die Götter nicht achteten und sich über sie lustig machten. Und Opfer brachten sie den Göttern überhaupt nicht. Poseidon geriet dann irgendwann darüber so in Zorn, dass er die ganze Insel mit ihrem hohen Berg in der Mitte vernichtete. Die Erde spie Rauch, Feuer und Asche. Der Himmel verdunkelte sich. Glaubt man den Ahnen in Troja, dann wurde für einige Jahre selbst dort noch der Himmel dunkel. Nur die ringsherum sich auftürmenden Felsen blieben stehen, die du jetzt siehst."

Helena schaute sich etwas ängstlich um.

„Dort auf der kleinen Insel in der Mitte kommt noch immer Rauch heraus."

„Das kann die ständige Warnung von Poseidon sein, damit die Menschen, die jetzt hier leben, nie wieder über die Götter spotten und sie achten."

Paris ließ das Schiff um die Südküste herum auf die Osteseite segeln. Hier fanden sie endlich einen flachen Strand, an dem sie neben einigen anderen Schiffen ankerten.

Ein weiterer Segler hatte auch gerade festgemacht.

Ein wenig neugierig fragte Paris den Kapitän, woher er komme und was es Neues in Hellas gäbe.

Dieser schien froh, seine Nachrichten loszuwerden.

„In Hellas scheint sich irgend etwas zusammenzubrauen. Wir kamen bei Aulis vorbei und sahen dort eine riesige Flotte liegen. Und ständig kamen weitere Schiffe hinzu. Man raunt, dass Agamemnon zu einem Rachefeldzug nach Troja aufbrechen wollte, aber nicht genügend Wind für die Fahrt hätte. Ein anderer erzählte uns, dass die Göttin Artemis dem Windgotte Äolus befohlen hatte, die Griechen mit Windstille im Hafen zu bestrafen, weil jemand die Göttin beleidigt und gegen sie gesündigt hätte. Aber das ist nur ein Gerücht."

Paris beschloß, diese Neuigkeiten vor Helena geheim zu halten und setzte sein strahlendstes Lächeln auf, als er ihr gegenüber stand.

„Keine besonderen Neuigkeiten. So laß uns ein wenig auf dieser schönen Insel verweilen. Troja vermisst uns bestimmt nicht."

Sie erreichten zu Fuß die Stelle der Insel, wo die Küste steil hinunter nach Westen ins Meer abfiel.

Unterwegs trafen sie einen alten Bauern und fragten nach dem Namen der Insel.

„In alten Zeiten vor der großen Katastrophe, hatte die Insel wohl einen anderen Namen, aber den weiß niemand mehr. Alle Einwoh-

Eine dramatische Liebesgeschichte

ner sind damals umgekommen. Jetzt nennen wir sie Santorini. Meine Vorfahren kommen von der Insel Paros. Wir hatten entdeckt, dass die schwarze Lava, die ihr überall seht, sehr fruchtbar ist und sind geblieben. Obst, Getreide und Wein wächst hier und auch unsere Ziegen und Schafe finden genug Weidegras."

Er bot ihnen für die Nacht ein bescheidenes Quartier an. Die Sonne hatte sich gesenkt und spiegelte sich im Wasser des Meeres.

Helena und Paris saßen eng umschlungen am Rande und schauten hinunter in das grandiose Schauspiel.

Am Hofe des Menelaos

Kaum hatte Menelaos wieder den Boden der Heimat betreten, kamen ihm schon Boten aufgeregt entgegen.

„Herr, Herr, es ist etwas Furchtbares passiert. Heimlich bei Nacht, ohne dass wir es bemerkt haben, ist deine Gattin Helena mit dem trojanischen Prinzen geflohen. Und um das ganze noch schlimmer zu machen, sie haben einen großen Teil deines Königsschatzes mitgehen lassen."

Menelaos konnte es nicht fassen.

„So wird das heilige Gastrecht schändlichst missbraucht. Ein unerhörtes, gemeines Vergehen," rief er wütend aus, „lasst mich erst zurück im Palast sein, dann werde ich mir überlegen, wie man dieses verbrecherische Tun bestrafen wird."

Sein Zorn steigerte sich noch, als sie im Palast ankamen. Helena verschwunden, die Tochter Hermione kam ihm weinend entgegen und alle Schatztruhen geleert.

„Das kann nicht ungesühnt bleiben. Mein Vertrauen ist hinterlistig gebrochen worden. Meine Ehre ist in den Schmutz gezogen worden. Jetzt gilt nur ein Wort: Rache!"

Er berief seine engsten Vertrauten zu sich.

„Ihr habt mitbekommen, was passiert ist. Einholen können wir das verlogene Paar sicher nicht, dazu ist ihr Vorsprung zu groß. Aber untätig bleiben und unsere Hände in den Schoß legen, können wir auch nicht. Alle Fürsten der Griechen und nicht nur die würden über mich lachen, dass mir so ein junger Bursche die Frau entführt hat. Was schlagt ihr vor?"

Kadmos, sein engster Berater, meinte: „Wir müssen deinen Bruder Agamemnon in Mykene unterrichten. Sein Wort gilt etwas in Hellas. Wenn es dem Jungen gelingt, bis nach Troja zu entkommen, dann wird es schwer, deine Frau wieder zu gewinnen. Das dürfte kaum ohne einen Kampf gehen. Wärst du dazu bereit?"

Menelaos ballte die Fäuste, eine Haltung, die man von ihm eigentlich nicht gewohnt war.

„Wenn Agamemnon mir hilft, dann gibt es keine andere Lösung."

Szenen in Hellas

Es scheint nunmehr angebracht, einen Blick in den Hafen von Aulis zu werfen. Um seinem Bruder Menelaos zu helfen und dessen Ehre wieder herzustellen, war es Agamemnon gelungen – zum Teil mit großer List – eine Flotte für den Rachefeldzug nach Troja zu mobilisieren. Einige musste er an ihren Schwur erinnern, den sie damals auf Betreiben von Odysseus bei der Wahl der Helena in Sparta geleistet hatten. Auch Odysseus wurde durch Palamedes überlistet, obwohl er Penelope mit dem neugeborenen Sohn Telemachos nicht verlassen wollte. Einige Schwierigkeiten gab es auch bei Achilles, dessen göttliche Mutter Thetis sein späteres Schicksal ahnte oder wusste und ihn nicht ziehen lassen wollte. Auch er wurde mit einer List zur Mitfahrt motiviert.

Nun lag die riesige Flotte abreisebereit im Hafen von Aulis – aber es wollte sich partout nicht der leiseste Windhauch im Hafen einstellen. Schlaff hingen die Segel herunter.

Man befragte den Seher Kalchas nach den Gründen – denn irgendwie schienen die Götter involviert zu sein. Die Göttin Artemis zürnte mit Agamemnon, der in einem ihrer Haine einen heiligen Hirsch getötet hatte. Erst wenn Agamemnon als Strafe seine älteste Tochter, die schöne Iphigenie, geopfert hätte, würden die Winde wieder wehen. Agamemnon war zuerst entsetzt, aber das Heer war jedoch ob der langen Verzögerung in Aufruhr. Schließlich willigte Agamemnon schweren Herzens ein. Der listige Odysseus hatte einen Plan ausgeheckt: Man wollte Iphigenie mitsamt ihrer Mutter Klytaimnestra nach Aulis locken, mit dem Versprechen, sie würde Achilles heiraten.

Um es kurz zu machen: Klytaimestra war empört, doch Iphigenie beugte sich schweren Herzens. Als der Seher Kalchas die Hand mit dem Schwert hob, umhüllte die Göttin Artemis Iphigenie in eine Wolke und brachte sie nach Tauris, wo sie Priesterin in ihrem Tempel wurde. Auf dem Altar lag plötzlich eine Hirschkuh, die unter dem Jubel des Heeres geopfert wurde.

Die Winde begannen zu wehen und die Flotte brach auf, um den schändlichen Raub der Helena zu rächen.

Paris erzählt seine Herkunft

Stimmungsvolle Sonnenuntergänge machen immer ein wenig melancholisch.

Irgend etwas schien Paris zu bewegen.

„Weißt du," begann Paris etwas zögerlich, „dass es mich eigentlich gar nicht geben sollte."

Helena ließ Paris los und drehte sich etwas zu ihm hin.

„Wie kommst du denn auf diese Vermutung? Hat dir Kassandra wieder etwas eingeflüstert?"

„Im Grunde wollte ich darüber schweigen, aber ich möchte ehrlich und offen zu dir sein. Da man meiner Mutter prophezeit hatte, durch mich würde Troja in Flammen aufgehen, übergab man mich aus Furcht vor dieser Aussage einem Hirten, der mich irgendwo am Ida aussetzen sollte, damit die wilden Tiere mich fräßen. Doch der Hirte brachte es nicht übers Herz. So zog er mich auf und ich lebte bei seinen Herden. Angeblich hätte eine Bärin mich gesäugt, doch das halte ich für eine Mär."

„Können Eltern so grausam sein?," unterbrach ihn Helena, „aber du bist doch wieder am Hof von Priamos aufgenommen worden?"

„So manchmal habe ich bislang in meinem Leben das Gefühl gehabt, ich sei ein Spielball der Götter. Meine Mutter trauerte noch immer, um ihren - wie sie glaubte - verlorenen Sohn. Um sie zu trösten, versprach ihr mein Vater Priamos Leichenspiele zu Ehren des verlorenen Prinzen zu veranstalten. Als Preis hatte er einen kraftvollen Stier aus den Herden des Königs vom Berg Ida ausgesetzt. Ausgerechnet meinen Lieblingsstier hatten sie sich ausgesucht. Da dachte ich mir, warum nicht selbst an den Spielen in Troja teilnehmen, dann könnte ich den Stier ja wieder gewinnen. Was soll ich sagen, ich – der ich mich noch immer für einen einfachen Hirten hielt – gewann gegen meine Brüder und gegen die stärksten trojanischen Jünglinge. Mein Bruder Deiphobos war regelrecht erzürnt darüber, von einem einfachen Hirten geschlagen zu sein und wollte mich am liebsten umbringen. Aus Furcht vor ihm floh ich zum Altar des Zeus. Dort erkannte meine Schwester Kassandra mich, den tot geglaubten Bruder, und lief eilends an den Hof, um ihre Erkenntnis weiter zu tragen. Meine Eltern waren hoch beglückt und nahmen mich wieder am Königshof auf. Kassandra dachte immer noch an die Warnung, aber im Überschwang des Glücks nahm niemand sie für ernst. Apollon hatte ganze Arbeit geleistet."

Helena nahm wie zum Trost seine Hände und drückte sie.

„Du hast wahrlich in deinem Leben einiges durchlebt, dagegen verlief mein Leben, sieht man einmal von der Entführung durch Theseus ab, in relativ ruhigen Gewässern."

Eine dramatische Liebesgeschichte

„Jetzt wirst du natürlich wissen wollen, wie ich ausgerechnet an den Hof von Sparta kam. Die Schwester meines Vaters, Hesione, war vor langer Zeit von den Griechen geraubt worden. Irgend jemand gab mir in den Sinn, nach Sparta aufzubrechen und Hesione zurückzufordern. Priamos willigte ein. Und so sind wir uns eben begegnet. Aphrodite hat ihr Versprechen gehalten und jetzt bin ich der glücklichste Mann so weit des Menschen Auge blickt."

Sie küssten sich.

„Laß uns schlafen gehen, denn morgen werden wir sehr früh aufbrechen, um nach Troja weiter zu segeln."

Ein wenig Unsicherheit hatte sich seiner bemächtigt. Was wenn die Flotte der Griechen vor ihm an der Küste von Troja gelandet wäre. Nicht auszudenken! Er behielt diese Sorge aber für sich, um Helena nicht zu beunruhigen. Und der Weg war noch weit.

Aphrodite hatte Aiolos, den Gott der Winde, gebeten, den beiden Verliebten wieder einen gnädigen Südwind zu schicken und Aiolos hielt Wort.

Sie fuhren vorbei an Naxos und Ikaria.

„Siehst du die Insel auf unserer rechten Seite. Sie trägt für alle Zeiten den Namen des berühmten Sohnes von Daidalos: Ikaros. Kassandra hat mir die Sage erzählt.

Wegen eines Mordes musste Daidalos aus Athen nach Kreta zum König Minos fliehen. Dort baute er dem König das Labyrinth für den Minotauros, ein Fabelwesen zwischen Mensch und Stier. Doch Daidalos fiel beim Minos in Ungnade und wurde zusammen mit seinem Sohn Ikaros eingesperrt. Übers Meer konnten die beiden nicht fliehen, da Minos sämtliche Häfen kontrollierte. So blieb nur die Luft. Daidalos war ein geschickter Erfinder und konstruierte für sich und für seinen Sohn aus Federn, Wachs und einem Gestell kunstvolle Flügel. Sie übten das Fliegen und flohen von der Insel. Daidalos warnte seinen Sohn vor den heissen Strahlen der Sonne. Doch der leichtsinnige Junge flog im Überschwang der Gefühle, als

Helena und Paris

Mensch den Himmel zu erobern, zu hoch. Das Wachs schmolz und Ikaros stürzte in die Tiefe hier in der Nähe der Insel Ikaria ins Meer. Daher also der Name."

Helena hörte aufmerksam zu.

„Ich genieße es, diese Mythen kennen zu lernen. Menelaos war zumeist mit seinen Heeresführern unterwegs und hatte für solche Geschichten keinen Sinn."

Auf ihrer Weiterfahrt ließen sie Chios zur Rechten liegen und näherten sich der Insel Lesbos.

„Eine letzte Geschichte habe ich noch für dich. Hier auf der Insel Lesbos liegt das Haupt des großen Sängers Orpheus begraben. Seine geliebte Eurydike wurde ihm durch einen frühen Tod entrissen. Er wollte sie aus dem Hades zurückholen. Mit seinem Gesang erweichte er das Herz des Herrschers der Unterwelt, so dass er ihm Eurydike frei gab. Leider hielt Orpheus das Gebot des Hades, sich nicht nach Eurydike umzudrehen nicht ein. Eurydike musste für immer zurück in den Hades. Orpheus wollte danach keine Frau mehr ansehen. Daher wurde er von den Mänaden, furiengleichen Weibern, hier ermordet."

Auf der rechten Seite näherten sie sich langsam dem Festland.

Von griechischen Schiffen war nichts zu sehen. Paris war erleichtert.

Empfang in Troja

In Windeseile hatte sich die Ankunft von Paris in Troja herumgesprochen. Neugierig strömten die Trojaner aus den Mauern der Stadt zum Hafen, um Paris einen gebührenden Empfang zu bereiten.

Als Helena aus dem Schiff stiegt, ging ein bewunderndes Raunen durch die herbei geeilten Trojaner.

Kassandra hatte es jedem, der es hören oder nicht hören wollte, erzählt, dass es Paris von der Göttin Aphrodite bestimmt war, die schönste Frau der Welt zu gewinnen.

Wie eine Göttin schritt Helena lächelnd hinter Paris durch die Menge, die ein Spalier gebildet hatte.

Deiphobos, der Bruder Paris' war herabgekommen, um die beiden zu begrüßen.

Paris war ein wenig verstimmt, da Deiphobos bei der Begrüßung mehr Augen für Helena hatte als für ihn.

„Willkommen nach so langer Zeit zurück in deiner Heimat. Priamos und Hekabe warten schon im Palast auf dich und sind gespannt, was du zu berichten hast. Am meisten jedoch warten sie darauf, die schöne Helena zu sehen."

Paris nahm Helenas Hand und ging mit ihr gemeinsam die Stufen zum großen Saal des Palastes hoch.

Selbst Priamos auf seine alten Tage bekam ein Leuchten in seinen Augen, als er Helena erblickte.

Hekabe umarmte erst Paris und dann auch Helena. Sie hatte Tränen in den Augen.

„Seid herzlich nach so langer Zeit willkommen. Ich hatte mir schon solche Sorgen gemacht. Ich wollte dich nicht noch einmal verlieren. Das Meer hat so manchen tapferen Mann behalten."

Priamos, sonst kein Mann von Rührung und zarten Gefühlen, ließ es sich nicht nehmen, Paris auch zu umarmen. Helena reichte er freudestrahlend die Hand.

„Daß ich das noch erleben darf: Solch ein Glanz in unserem Palast. Die Götter meinen es gut mit uns."

Hekabe wandte sich an Helena.

„Komm mit mir. Ich will dir dein zukünftiges Domizil näher zeigen."

Priamos nahm nun Paris beiseite.

„Mein Sohn, in die große Freude des Wiedersehens muß ich leider einige bittere Tropfen einmischen. Wie mir vor zwei Tagen verkündet wurde, bewegt sich eine große griechische Flotte unter dem Befehl Agamemnons auf Troja zu. Und sie kommen nicht in friedlicher Absicht, wie ich vermute. Kannst du dir vorstellen, was ihre Absicht ist?"

„Das dürfte unschwer zu erraten sein. Sie wollen Helena zurück." Er machte eine Pause und atmete tief.

„Nie und nimmer gebe ich sie wieder her. Und wenn ich mein Leben dreingeben muß. Wir sind füreinander geboren. Aphrodite in ihrem Wissen über Liebeskunst und Zuneigung hat uns zueinander geführt. Götter sollten eigentlich nicht irren!"

Priamos wiegte seinen Kopf nachdenklich hin und her.

„Das bedeutet unweigerlich Krieg und Kampf. Dein Bruder Hektor weiß bereits Bescheid. Sollen sie sich nur ihre Köpfe an unseren Mauern einrennen, meinte er. Wir sind stark. Seine Frau Andromache schien nicht begeistert. Ihr Männer mit eurem oft falschen Stolz! Müßt ihr immer Krieg führen? Gebt doch die Helena zurück, dann haben wir Ruhe. Aber Hektor hat sie besänftigt. Ich schwanke noch etwas. Ist es eine Frau wert, dass man wegen ihr viele Leben aufs Spiel setzt?"

Paris' Antwort ließ nicht lange auf sich warten.

„Wenn eine Göttin mir diesen Weg gewiesen hat, soll ich ihn so mir nichts dir nichts aufgeben? Aphrodite wird sicher andere Götter bewegen, auf unserer Seite zu kämpfen, auf dass wir den Sieg davon tragen werden. Mag ihre Flotte und die Anzahl ihrer Krieger noch so groß sein!"

Priamos zögerte etwas.

„Mögest du recht behalten. Aber jetzt wollen wir deine Wiederkehr gebührend feiern. Die Diener haben schon die Tische gedeckt. Draußen dreht sich ein großer Ochse am Spieß und der gute Wein von Troja wird die Herzen aufmuntern und allen Trübsinn wegblasen."

Paris schien besänftigt und machte sich auf die Suche nach Helena.

Eine dramatische Liebesgeschichte

Er traf sie in einem Zimmer im oberen Stockwerk.
Hekabe meinte mit einem leichten Augenzwinkern:
„Dieses Zimmer habe ich jetzt für unser junges Liebespaar herrichten lassen."
Helena lächelte etwas verschämt.
„Nach den etwas einfachen Unterkünften auf unserer Herfahrt ist das wahrlich ein Prachtzimmer. Danke."
Paris nahm sie in den Arm.
„Nun laß uns mit meinen Eltern, all meinen Brüdern und Schwestern unsere glückliche Rückkehr feiern. Ich glaube, alle werden dich genauso in ihr Herz schließen wie ich."

Die Ankunft der griechischen Flotte

Am nächsten Tag kam, so um die Mittagszeit, ein Bote atemlos in den Palast hereingestürmt.
„Sie kommen, sie kommen, der Horizont ist schwarz vor Schiffen. Sie scheinen eine gewaltige Streitmacht mobilisiert zu haben."
Priamos erhob sich und ging zusammen mit Hektor und Paris an den Strand.
„Der eine Seemann hat uns richtig informiert," meinte Paris, „er hatte bei der Vorbeifahrt von Aulis eine große Flotte gesehen. Menelaos hat seinen Bruder Agamemnon wohl für einen Rachezug gewonnen."
Priamos kniff ein wenig die Augen zusammen, denn um seine Sehkraft war es nicht mehr zum besten bestellt.
„Es scheint das einzutreffen, was ich befürchtet hatte, aber insgeheim gehofft hatte, dass meine Furcht unbegründet sei. Nun müssen wir uns wohl oder übel auf einen Krieg einstellen und unsere Verbündeten davon unterrichten. Du, Hektor, sorge dafür, dass alle wehrfähigen Trojaner sich in Bereitschaft halten und unsere Mauern ständig besetzt sind. Wir müssen abwarten, wie die Pläne der Grie-

chen sind. Lass uns erst einmal in den Palast zurückkehren."
Helena wartete schon ganz ungeduldig auf Paris.
„Erzähle mir, was es Neues gibt. Die Annäherung der griechischen Flotte hat sich schon im ganzen Palast herumgesprochen. Ich habe einige Befürchtungen gehört."
Erneut versuchte Paris sie zu beruhigen.
„Mache dir keine Sorgen. Die Anzahl der Schiffe besagt gar nichts. Es kommt auf die Kämpfer an, die auf ihnen transportiert werden. Wir wollen erst einmal sehen, was die Hellenen im Einzelnen vorhaben. Hektor ist schon dabei, sämtliche Trojaner auf alles vorzubereiten."
Aber Helena gab sich noch nicht zufrieden.
„Wenn ich es mir recht überlege, dann gibt es nur einen Grund für den Besuch der Flotte, und das bin ich. Kann ich es und vor allem kannst du es vor deinen Geschwistern, ja, vor allen Trojanern, verantworten, dass wegen mir ein Kampf entbrennt, der viele Leben kosten kann, eventuell auch deines? Ob Menelaos unter den Griechen ist?"
Paris war immer noch voll Optimismus und im Glauben, dass die Götter auf ihrer Seite stünden.
„Hat nicht ein gütiges Schicksal uns beide zueinander geführt? Waren die Götter nicht diejenigen, die ihre Hand im Spiel hatten? Können sie denn Bande wieder zerreißen, die sie zuvor kunstvoll geknüpft hatten? So grausam können Götter nicht gegen Liebende sein."

Die Griechen an Land

Als Hektor und seine Krieger sahen, wie die Griechen mit ihrer Flotte anlandeten, gingen sie ihnen etwas entgegen. Deutlich konnte man Hektor an seiner glänzenden Rüstung und an seinem Roßschweif auf dem Helm erkennen.

Eine dramatische Liebesgeschichte

Helena fasste Paris an der Hand.

„Geh bitte nicht mit. Mir zuliebe. Ich habe vorn auf dem ersten Schiff Odysseus gesehen, ich kenne ihn noch von damals. Wenn er, der Listenreiche, ganz vorn ist, hat das etwas zu bedeuten. Schau, kein Grieche geht an Land. Sie warten. Odysseus gleitet nun vom Schiff herunter und wirft seinen Schild in den Sand und springt drauf. Ein schlauer Fuchs! Kassandra hat ihr Orakel befragt. Der erste Grieche, der trojanischen Boden betritt, wird auch als erster in den Hades gelangen. Jetzt springt der erste Grieche todesmutig von Bord."

Paris küsste sie schnell und sagte:

„Wenn meine Brüder den Griechen entgegen gehen, kann ich mich nicht drücken. Hab keine Angst, ich bleibe in der Nähe von Hektor."

„Ich werde hier oben an der Brüstung herabsehen und zu Aphrodite flehen, dass sie dich beschützt."

Nun quollen die Griechen wie Ameisen von den Schiffen und drangen auf die Trojaner ein. Die Schlacht wogte hin und her bis Achilles in den Kampf eingriff. Das ermutigte die Griechen.

Als es Abend wurde, rief Hektor dem Paris zu:

„Lass es für heute gut sein. Wir haben schon zu viele unserer Männer verloren."

So zogen sie sich in die Stadt zurück und schlossen die schweren Tore der Festung.

Helena stand noch immer auf der Brüstung und schaute angsterfüllt dem grässlichen Treiben zu. Als Paris sie sah, rief er ihr zu:

„Wenn du mich liebst, dann verlasse diesen gefährlichen Platz, denn jetzt werden wir von den Mauern herab die Griechen mit Pfeil und Bogen auf Abstand halten. Agamemnon wird sich an diesen von Göttern gebauten Mauern den Kopf einrennen."

„Ich glaube," so rief Helena ihm im Weggehen zu, „bei den Griechen Menelaos gesehen zu haben. Schau nur zu, dass du ihm nicht direkt begegnest. Sein Zorn wird ihm gewaltige Kräfte verleihen."

Die Belagerung

Es war Abend geworden. Die Griechen hatten sich unten am Strand niedergelassen.

„Agamemnon hat sicher gedacht, Troja im Handstreich erobern zu können. Aber da dürfte er sich irren," meinte Paris.

Helena saß mit ihm und den Geschwistern zusammen am Tisch.

Die Stimmung war wegen der Verluste ein wenig gedrückt. Auch die Griechen hatten eine Vielzahl von Männern eingebüßt, der mutige Erste, der die Schiffe verließ, mit Namen Protesilaos fiel wie die Prophezeiung verhieß und wurde ehrenvoll beerdigt.

Am nächsten Morgen küsste Paris Helena zärtlich und verließ leise das Lager, um an die Stadtmauer zu gehen.

Erneut versuchten die Griechen die Stadt im Sturm zu erobern, aber sie waren den Pfeilen der Trojer, die hinter Schießscharten saßen, schutzlos ausgeliefert. Nach drei Versuchen und vielen Toten gab Agamemnon auf.

„Die einzige Möglichkeit ist die Belagerung, um sie durch Hunger und Entbehrungen zermürben zu können."

„Siehst du, meine Liebe," wandte sich Paris an Helena, „es ist draußen sehr ruhig geworden. Sie scheinen aufzugeben."

„Dein Optimismus gereicht dir zur Ehre," meinte sie, „aber vielleicht ist es nur eine Verzögerung, eine Taktik."

„Wir haben vorsichtshalber viel Vorräte angelegt und hinter unserer Stadt gibt es viel Wald und viele Felder. Aber auch die Griechen werden bald merken, dass ein so großes Heer verpflegt werden muß. Ein hungriger Krieger ist ein schlechter Krieger! Auf ihren Schiffen dürfte der Proviant bald zur Neige gehen."

In der Tat. Den Achaiern wurde die Nahrung knapp und immer öfter verließen Truppen den Strand von Troja, um in den umliegenden Städten und Landschaften Raubzüge zu arrangieren. Besonders Achilles mit seinen Myrmidonen tat sich darin hervor. Allein er er-

Eine dramatische Liebesgeschichte

oberte dreiundzwanzig Städte und kam mit reichlich Getreide, Vieh und Sklavinnen zurück. Das Heer schenkte dem Peliden als Belohnung die schöne junge Königin Briseis, Tochter des Dionysospriesters Briseus.

In Troja verlebten in der Zwischenzeit Helena und Paris eine Reihe von schönen und ruhigen Tagen, an denen sie einander widmen konnten. Fast schien Normalität wieder hergestellt. Alle Bewohner des Palastes freuten sich an der Liebe zwischen den beiden. Nur Andromache, die Frau Hektors, blickte ab und zu etwas eifersüchtig auf das verliebte Paar.

„Ich habe gute Nachrichten für dich," Paris versuchte immer wieder Helena zu beruhigen und ihre leise Angst etwas zu mildern, „wir haben gewaltige Verstärkungen bekommen. Ainaias, ein Sohn des Anchises und der Aphrodite, hat sich mit einigen Kriegern zu uns gesellt. Der Lykerkönig Sarpedon, ein Sohn des Zeus, sagt uns Hilfe zu. Zudem kommen noch andere asiatische Stämme und sogar aus Europa haben sich die Thraker als unsere Verbündete angekündigt. Du siehst, alles läuft zu unserem Besten. Wir werden Kinder haben und ich hoffe, alle Mädchen werden so schön sein wie du, auf dass die Griechenfürsten aus allen Landen kommen werden, um um ihre Hand anzuhalten. Und alle Knaben sollen Helden werden wie Hektor."

Aphrodite tat wieder mal das, was sie am besten konnte. Helena wurde es ganz warm ums Herz und sie umarmte Paris.

„Du bist ja schon ganz schön mit der Familienplanung beschäftigt!"

Paris lachte.

„Ich freue mich auf unsere gemeinsame Zukunft. Laß uns darauf einen Kelch des wundervollen trojanischen Weines leeren."

Zwist im Lager der Griechen

Für das weitere Verständnis erscheint es wieder angebracht, einen Blick ins Lager der Achaier zuwerfen.

Auf seinen Eroberungs- und Nahrungsbeschaffungsexkursionen hatte Achilles bei der Einnahme von Thebe die schöne Chryseis, Tochter des Apollonpriesters als Gefangene ins Griechenlager geführt. Das Heer schenkte sie als Sklavin dem Agamemnon.

Todtraurig brach der Vater auf, um seine Tochter mit reichen Geschenken freizukaufen. Das Heer freute sich über die reichlichen Gaben und forderte Agamemnon auf, das Mädchen frei zu geben. Aber dieser weigerte sich und verjagte den Greis mit groben Worten.

Gramgebeugt verließ der Alte das Lager.

Kaum hatte er ausreichend Distanz zu den Achaiern, hob er seine Hände zum Himmel und flehte Apollon an:

„Ich habe dir zu Ehren einen Tempel gebaut. Wenn alles was ich tat, dir gefällig war, so nimm deine Pfeile und deinen Bogen und laß die Griechen für meine Trauer büßen."

Apollon erhörte sein Gebet und da er ohnehin auf Seiten der Trojaner stand, schritt er zur Tat.

Er positionierte sich zwischen der Stadtmauer und dem Lager und schoß unaufhörlich giftgetränkte Pfeile zwischen die Zelte. Wo sie trafen, starben Vieh, Pferde und Menschen an der Pest. Schnell hatten die Griechen fast so viel Krieger verloren wie in den ganzen neun Jahren zuvor. Überall stieg Rauch aus den Holzstößen empor, auf denen die Achaier ihre verstorbenen Gefährten verbrannten.

Besorgt ob der vielen Opfer beraumte Odysseus einen Kriegsrat ein.

„Wir, das heißt die noch überlebt haben, werden von hier erfolglos in die Heimat zurückkreisen, denn der Tod ist geradezu allgegenwärtig. Um zu ergründen, was den Zorn Apollons hervorgerufen hat, wollen wir einen Seher befragen."

53

Kalchas, in solchen Fällen immer durch Rat ersucht, zögerte mit einer Antwort, weil er fürchtete, Agamemnon würde ihn bestrafen, aber Achilles machte ihm Mut.

„Apollon zürnt unserem Oberbefehlshaber, da er seinen Priester gekränkt und die Tochter Chryseis nicht freigeben wollte."

Wütend sprang Agamemnon auf.

„Bislang hast du mir noch nie Gutes prophezeit! Und Chryseis gebe ich nicht her. Vielmals lieber als Klytaimnestra ist sie mir. Aber, um meine Krieger nicht zu enttäuschen, werde ich sie hergeben. Aber nur unter einer Bedingung: Dieses Ehrengeschenk des Heeres muß mir ersetzt werden. Es kann und darf nicht sein, dass ich als oberster Führer ohne eine Auszeichnung darstehe."

Achilles konnte seinen Zorn nicht unterdrücken.

„Wir stehen mit dem Rücken an der Wand und du denkst nur an dich. Alle Geschenke aus unseren Eroberungen sind verteilt. Lass das Mädchen also ziehen."

Das schien Agamemnon überhaupt nicht zu gefallen.

„Du willst dein Geschenk behalten und ich stehe mit leeren Händen da. Ich muß also einem unserer Anführer das Geschenke wegnehmen. Und übrigens, wie steht es mit dir? Deine Briseis ist von der Schönheit meiner Chryseis als einzige gleich."

Das war zuviel für Achilles.

„Hast du mir nicht so viel zu verdanken? Was wären die Achaier ohne meinen Mut und meine Stärke. Nimmst du mir Briseis weg, so schiffe ich mich mit meinen Myrmidonen in die Heimat ein."

Wütend wollte er sich mit dem Schwert auf Agamemnon stürzen, aber Athene hielt ihn, unsichtbar für alle anderen, zurück.

Der Disput ging noch eine Weile hin und her, bis Achilles sich zornig umdrehte und ging.

Im Weggehen schrie er Agamemnon an.

„Nimm Briseis, an der mein Herz hängt, aber eines sage ich dir hier und heute. Ab jetzt kümmere ich mich nicht mehr um die Trojaner. Wenn Hektor mit seinen Mannen euch serienweise ummäht und ihr angstvoll zu den Schiffen flüchten werdet, dann werdet ihr auf Knien gekrochen kommen, um mich zu bitten, an den Kämpfen einzugreifen."

Mit diesen Worten zog er sich in sein Zelt zurück, dass er mit seinem Freund Patroklos bewohnte.

Odysseus nahm einige Männer mit und führte Chriseis auf dem Schiff zu ihrem Vater.

Sogleich stellte Apollon seine strafenden Pfeile ein und ein frischer Wind vom Meer wehte die giftigen Schwaden hinfort.

Helena im Palast

In den Jahren nach der Ankunft der Griechen war es relativ ruhig. Es gab einige Scharmützel, aber keinem Griechen gelang ein Einbrechen in die Stadt.

Helena und Paris genossen die Nächte miteinander und hatten beide das Gefühl, niemand könne ihnen dieses Glück nehmen.

Am Tag jedoch, wenn Paris beobachtend an der Burgmauer weilte, plagten Helena Gewissensbisse. Sie suchte ein Gespräch mit Hekabe und sprach über die Sorgen, die sie plagten.

„Manchmal höre ich so Gesprächsfetzen, die mir zusetzen. Einmal hörte ich ‚Was hat Paris uns da eingebrockt?' oder ‚Ist eine Frau, und selbst wenn sie die Schönste auf Erden ist, es wert, dass man für sie stirbt oder andere tötet?'"

Was konnte sie machen? Was sollte sie machen?

„Mache dir nicht solche Gedanken. Alles geschieht offenbar mit Absicht oder Willen der Götter. Du bist jetzt ein Teil unserer Familie und niemand wird dich uns entreissen. Etwas muß ich dir noch beichten: Neulich sagte mir Priamos im Vertrauen: ‚Wenn ich jünger wäre, dann könnte ich mich sofort in Helena verlieben'. Und was die Griechen anbetrifft: Augenscheinlich haben sie viel mit sich selbst zu tun. Vielleicht ziehen sie endlich ab und wir können wieder unser Leben wie früher genießen."

Der Zweikampf um Helena

Eines Tages im neunten Jahr der Belagerung wollten die Trojaner die Entscheidung erzwingen, denn es war bis zu ihnen gedrungen, dass Achilles nicht mehr am Kampf teilnahm.

So zogen sie hinaus, mit Paris an der Spitze, in einer glänzenden Rüstung, bewaffnet mit zwei Lanzen und einem Schwert. Er winkte Helena, die oben am Turm des skaiischen Tores stand, noch einmal zu.

Beim Auftauchen von Helena, waren alle Männer wie geblendet und starrten sie an.

Einer meinte sogar: „Jetzt kann ich verstehen, dass alle um sie kämpfen."

Entschlossen forderte Paris die Achaier zum Kampf auf.

Kaum hatte Menelaos ihn erblickt, schoß er wie ein hungriger Löwe aus der Schar der Griechen auf ihn zu, um ihn endlich für seine Freveltat zu bestrafen.

Als Paris ihn erspähte, entzog er sich erschrocken und ängstlich der persönlichen Konfrontation und tauchte in der Menge der Trojaner unter.

Helena stieß einen leisen Schrei aus, als sie ihn fliehen sah.

„Was ist geschehen, dass Paris voller Furcht dem Kampfe ausweicht? Ist das der jugendliche Held, den ich lieben gelernt habe. Ihr Götter, ihr lasst mich zweifeln."

Priamos war inzwischen dazu gestoßen.

„Warte ab, was jetzt passiert. Siehst du, wie Hektor jetzt auf ihn zusteuert."

Und sie hörten bis oben Hektors mächtige Stimme.

„Du Feigling! Du Weiberheld! Bis du es nicht gewesen, der uns diesen Schlamassel eingebrockt hat? Hast du nicht Helena entführt und deswegen sind schon so viele unserer tapfersten Männer gefallen! Und schau mal, wie die Achaier über dich lachen! Gram hast über das Haupt deines Vaters gebracht!"

Helena war gespannt, wie Paris darauf reagieren würde.

Zu Priamos meinte sie: „Hektor kann ganz schön hart und direkt sein, aber er trägt die Verantwortung für unser Heil."

Paris' Stimme war nicht so gut zu verstehen.

„Mein Bruder," ließ er sich etwas kleinlaut vernehmen, „du hast ja Recht. Ich bin feige gewesen. Aber das soll sich ändern. Geh nach vorn und verkünde Trojanern und Griechen folgendes: „Ich, Paris, möchte, dass beide Seiten die Waffen niederlegen. Ich werde mich mit Menelaos in der Mitte im Zweikampf messen. Der Sieger bekommt oder behält die schöne Helena und ihre Schätze. Die beiden Heere trennen sich in Freundschaft und der Krieg hat ein Ende."

Helena bekam die letzten Sätze noch mit. Ihre Augen blitzend zornig.

„Was geht da unten vor? Ohne mich zu fragen, handeln die Männer da unten etwas aus. Bin ich etwa eine Ware, um die man handeln kann? Das ist ja wie auf dem Viehmarkt in Sparta! Dummen Frauen mag es imponieren, wenn Männer sich um sie streiten. Ich jedoch bin entsetzt über sowenig Einfühlsamkeit!"

Hektor trat in die Mitte zwischen beide Heere und rief mit lauter Stimme:

„Haltet ein, Trojaner und Griechen, lasst eure Waffen sinken. Wir haben eine Lösung gefunden, um dieses grässliche Gemetzel zu beenden. Paris und Menelaos werden im Zweikampf diesen Krieg entscheiden."

Der Jubel auf beiden Seiten war unbeschreiblich. Die Griechen dachten freudig an die Heimkehr zu ihren Frauen und Kindern, die Trojaner an ein ruhiges Weiterleben ohne Kampf und Furcht.

Aus Troja wurden zwei Lämmer gebracht, die vor dem Kampf geopfert werden sollen. Agamemnon schnitt ihnen die Kehlen durch und betete zu Zeus.

Noch einmal wiederholte er die Worte Hektors, schloß aber mit der Drohung, den Krieg weiterzuführen bis zur Vernichtung Trojas, wenn die Trojaner bei einem Tod Paris' die Abmachung nicht einhielten.

Hektor und Odysseus legten zwei Kieselsteine in einen Helm, einen rauen für Menelaos und einen glatten für Paris. Sie schüttelten sie ein wenig, als erstes sprang der glatte heraus, das hieß, Paris durfte den ersten Speer werfen.

Helena hörte oben an der Brüstung die Freudenschreie der Trojaner, aber ihr war nicht nach Jubeln zumute.

Die beiden traten an, ungefähr zwanzig Schritte voneinander getrennt.

„Die Götter treiben ein blutiges Spiel mit uns Menschen," meinte sie, „hoffentlich steht Paris noch immer unter Schutz Aphrodites."

Paris warf den ersten Speer, der prallte jedoch vom Schild des Menelaos ab und fiel zu Boden.

„Vater Zeus, was tust du deiner armen Tochter an?" stöhnte Helena entsetzt.

Nun hob Menelaos seinen Speer. Mit einer Urgewalt durchschlug er den Schild von Paris und streifte ihn an der Schulter. Wie ein Stier stürmte nun Menelaos auf Paris zu und schlug mit seiner Axt auf ihn ein. Paris duckte sich beiseite, doch Menelaos traf den Helmbusch. Die Axtspitze zerbrach in drei Teile.

„Großer Zeus," hub Menelaos nun an, „du bist ungerecht. Erst hoffte ich, den elenden Zerstörer meines Palastfriedens zu bestrafen, doch nun sind meine Waffen verloren. Aber ich habe noch zwei starke Hände! Mit diesen will ich nun mein Werk vollenden."

Er packte Menelaos am Helmbusch und zog ihn an diesem hinüber zu den griechischen Linien. Verzweifelt versuchte sich Paris zu wehren, aber der Kinnriemen löste sich nicht und strangulierte ihn am

Hals, dass ihm die Luft wegblieb.
Helena konnte es nicht mehr mit ansehen und hielt sich die Augen zu.
Aphrodite jedoch hatte bislang alles ein wenig besorgt beobachtet. Unsichtbar flog sie vom Olymp herab und trennte den Kinnriemen des Helmes ihres Schützlings durch.
Der wütende Menelaos hatte plötzlich nur noch den Helm in der Hand.
Eine Nebelwolke umhüllte gnädig den erleichtert atmenden Paris und Aphrodite trug ihn an ihrer Brust hinweg in den Palast in sein Bett, wo sie ihn einschlummern ließ.
Verwirrt starrten Trojaner und Griechen auf die Stätte des Verschwindens.
Voller Zorn brüllte Menelaos immer wieder, so laut, dass es von den Mauern der Stadt widerhallte: „Wo ist Paris? Wo ist Paris? Wo ist dieser gemeine Kerl? Das ist mein Sieg!"
Nun hielt sich Helena auch die Ohren zu und verschwand eilends im Palast. Ihr war das Erlebnis von eben etwas unheimlich geworden.
„Was wird mit mir? Was wird aus mir? Was werden mir die Griechen, was wird mir Menelaos antun? Muß ich jetzt für die unbegreiflichen Spielereien der Götter büßen?"
Helena wollte nichts mehr sehen und nichts mehr hören. Sie wollte nur allein sein und eilte in ihr Zimmer.
Da jedoch wartete eine Überraschung auf sie.
„Wie kommst du denn hierher?" rief sie voller Erstaunen, „jetzt verstehe ich überhaupt nichts mehr. Eben noch hat mein Herz um dich gebangt und du liegst hier seelenruhig auf dem Bett."
Paris war noch etwas benommen.
„Laß mich dich in die Arme schließen. Wenn ich dich spüre, dann weiß ich, dass alles nur ein Traum war."
„Manchmal verwechseln wir Irdischen Traum und Wirklichkeit.

59

Eine dramatische Liebesgeschichte

Es war aber kein Traum, Menelaos hätte dich beinahe erwürgt. Ich nehme an, dass deine Beschützerin Aphrodite dich hierher gerettet hat."

„Lege dich zu mir, meine Liebste, deine Zärtlichkeit lässt mich alles vergessen."

„Gern komme ich zu dir, aber eine Kleinigkeit macht mir etwas Sorge. Ich habe noch mitbekommen, dass Agamemnon die Griechen zu Siegern erklärt hat. Weißt du was das bedeutet?"

Auf Paris' Stirn zeigte sich eine starke Querfalte.

„Es wird nichts so heiß gegessen wie es gekocht wird. Agamemnon ist zwar ihr Heerführer, aber einer der hellsten Köpfe ist er nicht. Bedenke, dass die Götter dieses Spiel noch nicht abgeschlossen haben. Sie, die Unsterblichen scheinen ihren Spaß an allem zu haben. Wer gibt so schnell etwas auf wenn er Freude daran hat."

„Ich bin so unendlich froh, dass du wieder bei mir bist," sagte sie und ließ sich von ihm umfangen.

Zwischenspiel auf dem Olymp

Hera und Athene hatten genau beobachtet, was unten vor den Mauern Trojas vor sich ging.

Denn Agamemnon hatte laut verkündet: „Trojaner und Achaier, ihr habt alle mit euren Augen gesehen, wer diesen Zweikampf gewonnen hat. Nun rückt uns, wie vereinbart, Helena und all die Schätze heraus. Dann soll Frieden sein. Niemand soll fortan zu den Waffen greifen."

„Soll das wirklich das Ende dieses Schauspiels sein? Troja muß doch noch fallen wie vorgesehen." Hera schien enttäuscht.

„Laß mich das nur machen," antwortete Athene, die den Trojanern alles andere als freundlich zugetan war, „ich werde dafür sorgen, dass irgendein Tropf den Frieden brüchig werden lässt."

Sie überredete den berühmten Bogenschützen Pandaros, mit sei-

nem Bogen einen Pfeil auf Menelaos abzuschießen. Und so geschah es. Pandaros verletzte mit einem Pfeil Menelaos.
Damit war der Frieden gebrochen und der neunjährige Kampf ging weiter.
Wieder rannten Trojaner und Griechen gegeneinander an.

Wo bleibt Paris?

Hektor schaute sich um. „Wo bleibt denn Paris? Alle Trojaner sind am Kampf beteiligt, aber der einzig Schuldige glänzt durch Abwesenheit! Jetzt gehe ich ihn holen, damit er uns im Abwehrkampf gegen die Achaier unterstützt."

Unterwegs traf er seine Frau Andromache mit einer Amme, die den kleinen Sohn Astyanax im Arm hielt.

„Du siehst bedrückt aus, ich kenne dich gar nicht mehr wieder. Bleib doch ein wenig bei uns, wir machen uns solche Sorgen."

„Meine Liebste," antwortete Hektor, „du weißt, ich bin der Anführer unserer Truppen, daher kann ich nicht lange bleiben. Aber ich will noch schnell einmal unseren Sohn in die Arme schließen. Wer weiß, ob ich ihn jemals wiedersehe. Manchmal plagen mich so schwere Gedanken. Ich könnte es nie ertragen, wenn wir verlieren und du zu irgendeinem Griechen als Sklavin entführt wirst."

Ein zarter Kuß noch und Hektor eilte weiter. Andromache blickte

Helena auf dem Vorwerk Trojas
Gustave Moreau (1826-1898)

ihm mit Tränen in den Augen hinterher.

In ihrem Zimmer traf Hektor Paris zusammen mit Helena an, umgeben von Sklavinnen. Paris war gerade dabei, seine Rüstung zu polieren.

„Was fällt dir ein? Deinetwegen sind viele der tapfersten Männer Trojas in den Hades gelangt. Ich erwarte von dir, dass du sofort deine Rüstung anlegst und mir folgst."

Helena wollte etwas sagen, aber Paris kam ihr zuvor.

„Ich komme sofort. Der Kampf gegen Menelaos hat mir doch einiges an Schmerzen zugefügt. Jetzt fühle ich mich aber wieder wohl und werde dir gleich folgen."

Nun konnte Helena nicht länger an sich halten.

„Lieber Schwager," so hub sie etwas kleinlaut an, „kaum wage ich es, dir in die Augen zu blicken. Bin nicht ich es allein, der jetzt die Ursache für den Tod so vieler Männer ist? Wäre es nicht besser gewesen, meine Mutter hätte mich nach der Geburt gleich in der Wildnis ausgesetzt? Dann wäre uns allen dieses Unheil erspart geblieben. Aber wer weiß, vielleicht haben die Götter all das von langer Hand geplant. Spätere Generationen werden darüber berichten. Aber setze dich doch noch ein wenig."

„Liebe Helena, gern würde ich noch ein wenig bei dir verweilen. Aber die Trojaner unten brauchen mich. Und du sorge bitte dafür, dass dein Geliebter nicht allzu lange bei dir verweilt, sondern an meiner Seite im Kampf besteht."

Mit diesen Worten brach Hektor eilends auf.

Paris hatte die glänzende Rüstung angelegt, bevor er jedoch den Helm aufsetzte, umarmte er Helena noch einmal ganz innig.

„Ich bereue nichts, die liebevollen Stunden mit dir waren in meinem Leben die wichtigste Zeit. Wenn ich denn kämpfen muß, dann habe ich dich immer im Herzen. Das gibt mir Kraft."

Schnell wandte er sich um, um seine sorgenvolle Mine nicht zu zeigen.

Unterwegs holte er seinen Bruder Hektor wieder ein und mischte sich unter die Trojaner.

Die Kämpfe gingen weiter. Ein Zweikampf zwischen Hektor und dem großen Ajax endete unentschieden, da die einbrechende Nacht den Kampf unterbrach.

Am nächsten Morgen bargen Griechen und Trojaner ihre Toten, um sie ehrenvoll zu bestatten.

Schließlich gelang es den Trojanern mit Hilfe der Götter die Griechen bis zu den Schiffen zurückzutreiben und sogar eines ihrer Schiffe in Brand zu setzen.

In Anbetracht der drohenden Gefahr versuchte Patroklos im Zelt des Achilles diesen zum Mitkämpfen zu überreden und zu überzeugen.

„Wie kannst du tatenlos hier herumsitzen, wo den Griechen größte Gefahr droht? Hast du jegliche Sympathie für die Achaier verloren? Aber wenn du schon so starrsinnig in deinem Zorn hier im Zelt verweilst, dann laß mich in die Schlacht ziehen. Leihe mir deine Rüstung, das wird vielen Trojanern Furcht einflößen und deine tapferen Myrmidonen werden denn das ihrige tun."

Achilles überlegte lange.

„Nun denn, mein geliebter Freund, so nimm denn meine Rüstung, die ein Geschenk des göttlichen Schmiedes Hephaistos an meinen Vater Peleus ist, meine Waffen und meinen Streitwagen und zieh mit den Myrmidonen in den Kampf. Vertreibe die Trojaner von den Schiffen, auf dass sie nicht die ganze Flotte in Brand setzen und wir nicht mehr in die Heimat zurücksegeln können. Wenn es dir gelingt, dann werde nicht übermütig und verfolge die Trojaner nicht bis in die Mauern Ilions. Denn lohnt es sich für dich, dein Leben zum Schutze Agamemnons, der mir zutiefst unsympathisch ist, einzusetzen und für die Rückeroberung einer untreuen Gemahlin?"

„Sei unbesorgt, mein treuer Freund. Die Trojaner werden glauben, es sei Achilles, der auf sie einstürmt und werden voll Schrecken vom

Schlachtfeld weichen."

Dann riß er sich los und befeuerte seine Myrmidonen. Erst löschten sie den Brand am Schiff das Ajax und dann fielen sie wie ein Feuerschwall über die Trojaner her. Patroklos erwies sich als tapferer Heerführer an der Spitze der Myrmidonen und trieb die Trojaner bis an die Mauern der Stadt.

Helena hatte wieder den Mut gefunden, dem Kriegsschauspiel zuzuschauen, den letzten Endes ging es um nicht weniger als um sie selbst.

„Warum greifen Hektor und Paris nicht ein, um die Griechen zurückzuschlagen. Sie stehen so unentschlossen da. Seht doch, dort unten wütet Patroklos wie ein Besessener. Bald wird er die Mauern Trojas überwinden!"

Wieder griffen die Götter ein. Apollon nahm die Gestalt eines Mannes an und redete auf Hektor ein:

„Hektor, du größter Held der Trojaner, willst du hier tatenlos herumstehen und zusehen, wie deine Männer getötet werden. Auf, schnapp dir den Patroklos, das wird dir zu großer Ehre gereichen."

Das nahm sich Hektor zu Herzen und griff wieder in die Kämpfe ein. Aber jetzt hatte er nur ein Auge auf Patroklos.

Als dieser zum wiederholten Male auf Troja zustürmte, gelang es dem Trojaner Euphoros, ihn mit der Lanze zu verletzten. Als Hektor das sah, eilte er hinzu und gab ihm mit dem Speer den Todesstoß.

Mit letzter Kraft stieß Patroklos hervor: „Nicht du hast mich besiegt, es war Apollon, der dir zur Seite stand. Aber deine Tage sind auch gezählt, denn jemand wird furchtbare Rache nehmen."

Mit diesen Worten verschied er.

Eilends raubten die Trojaner die göttliche Rüstung des Patroklos.

Ein langer, hartnäckiger Kampf entbrannte um den Leichnam Patroklos', bis schließlich die Achaier ihn bergen konnten.

Oben auf der Mauer hatten der alte Priamos und Helena dem Kampf zugeschaut.

Helena und Paris

„Mir schwant Schlimmes," wandte sich Priamos an Helena, „Patroklos war der beste Freund Achillles' er war ihm wie ein Bruder. Ich fürchte, das wird Achilles auf den Plan rufen, den größten aller griechischen Helden. Sein Zorn wird grenzenlos sein. Wer nur unter unseren Helden kann ihm gewachsen sein?"

„Ich hoffe nur, dass Paris nicht so leichtsinnig ist und sich mit ihm messen will." Helena schien sichtlich besorgt zu sein.

„Das werde ich ihm ausreden. Der einzige, der dem zürnenden Achilles gewachsen ist, ist der strahlende Hektor. Schließlich hat der Pelide seine schimmernde Rüstung verloren."

Unterdessen erhielt Achilles die Nachricht vom Tod seines engen Freundes. Voll Trauer ergriff er mit beiden Händen Asche, schwärzte sein Gesicht und stürzte sich in den Staub. Seine göttliche Mutter Thetis hörte sein Klagen und tauchte aus den Wellen auf.

Mit Tränen in den Augen klagte Achilles ihr den Verlust seines besten Freundes.

„Meine Pflicht ist es, meinen Gefährten Patroklos an seinem Mörder Hektor zu rächen. Er hatte jedoch meine Rüstung. Wie kann ich ihm ohne meine göttlichen Waffen gegenüber treten. Du hast doch gute Beziehung zum Olymp. Kannst du nicht ein Wort beim olympischen Schmied Hephaistos einlegen, damit er mir eine neue Rüstung schmiedet."

Thetis hatte gute Karten bei Hephaistos, denn sie hatte ihm geholfen, als Zeus ihn im Zorn auf die Insel Lemnos geschleudert hatte.

Hephaistos tat sein Bestes, arbeitete die ganze Nacht hindurch und hatte am nächsten Morgen die neue strahlende Rüstung fertig.

Schnell eilte Thetis vom Olymp mit den neuen Waffen herab und traf Achilles an, wie er gramgebeugt über dem Bett mit dem toten Patroklos saß.

Achilles blickte auf und ein wilder Glanz strahlte in seinen Augen als er die prachtvolle Rüstung und die Waffen sah. Jetzt konnte er Rache für die ihm zugefügte Schmach nehmen.

Eine dramatische Liebesgeschichte

„Eines jedoch," gab ihm Thetis mit auf dem Weg, „solltest du aus der Welt schaffen. Jeglicher Zwist unter Freunden schwächt euch und hilft den Trojanern. Geh hin und versöhne dich mit Agamemnon. Er wird dir dann auch deine geliebte Briseis zurückgeben."

Vor dem Heer sprachen sich Agamemnon und Achilles aus und beendeten ihre Feindschaft.

Unter dem Helden Achilles preschten die Griechen mit Erfolg gegen die Trojaner. Achilles' Zorn über den Tod des Patroklos war unermesslich und das ließ er seine Feinde spüren. Zu Dutzenden sanken sie sterbend dahin.

Einen der ersten den der wütende Achilles traf, war Aineias, der Sohn der Aphrodite. Fast hätte Achilles ihn besiegt, doch die Götter griffen ein und trugen ihn in einer Nebelwolke hinfort.

Um so heftiger und zorniger schlug nun Achilles auf die Trojaner ein.

Die meisten Trojaner retteten sich in die schützenden Mauern der Stadt, nur einer, Hektor, bleib draußen vor dem Skaiischen Tor.

Als Achilles ihn erblickte, drang er wie ein Löwe mit furchteinflößendem Schreien in seine Richtung vor, um am Mörder seines Freundes Rache zu nehmen. Als Hektor den Sohn des Peleus auf ihn zukommen sah, überfiel ihn, der sonst so mutig war, irgendwie Furcht und er versuchte entlang der Mauer zu entfliehen.

Wie haben jetzt Helena und Paris etwas aus den Augen verloren, aber dieser literarische Umweg ist entscheidend für das weitere Geschehen um das junge Liebespaar.

Oben auf der Festungsmauer hatten sich inzwischen Priamos und Hekabe eingefunden. Auch Paris in seiner Rüstung stieß zu ihnen. Andromache hatte voller Unheilsfurcht den Platz verlassen. Alle spürten das drohende Schicksal.

Ängstlich nahm Helena die Hand Paris'.

„Achilles scheint mir wie ein wütender Stier, den niemand und nichts in seinem Zorn aufhalten kann. Was sollen wir machen, wenn er siegt? Niemand ist mehr da, um den Griechen Einhalt zu bieten. Ich fürchte, Menelaos wird mich töten oder als Sklavin verkaufen, wenn der Sieg den Griechen zufällt."

„Solange mir die Götter Kraft verleihen, werde ich mich vor dich stellen, und wenn ich mein Leben dreingeben müsste."

Die tröstenden Worte Paris' erreichten Helena jedoch nicht.

„Warum sind wir in den Händen der Götter willenlose Geschöpfe und müssen, obwohl nicht eingeplant, das wehrlos befolgen, was sie uns eingeben. Haben wir denn keinen freien Willen? Bin ich nun wirklich aus freien Stücken mir dir mitgegangen, wie allgemein angenommen, oder hast du mich gegen meine Absicht entführt? Je länger ich darüber nachdenke, desto verworrener werden meine Gedanken. Und wenn ich jetzt diesem grausamen Kampf der beiden Helden zuschauen muß, desto mehr plagen mich Schuldgefühle."

Und direkt zu Paris gewandt.

„Wäre es nicht besser gewesen, wir wären überhaupt nicht nach Troja zurückgekehrt und hätten uns irgendwo auf einer der vielen Inseln versteckt, die wir auf unserer Reise gesehen haben?"

Paris schüttelte den Kopf.

„Wer vermag sich vor den Göttern zu verstecken!"

Kassandra, die inzwischen dazu gestoßen war, mischte sich ungefragt ein.

„Habe ich euch nicht immer gesagt, im Traum kündigen die Götter uns Zukünftiges an, gleichgültig, ob Gutes oder Böses."

Hekabe stieß einen kleinen Schrei aus, denn die beiden Helden waren unten auf dem Schlachtfeld aufeinander geprallt.

Der Kampf der Giganten

Priamos rief seinem Sohn Hektor zu: „Laß dich auf keinen Kampf mit Achilles ein. Komm und fliehe diesem Waffenungeheuer in die Burg. Genug Söhne hat mir dieser Grausame nun getötet!"

Doch Hektor fasste neuen Mut und entschloß sich, den Kampf mit Achilles aufzunehmen.

„Dreimal bin ich vor dir um die Stadt geflohen, doch nunmehr gilt es. Entweder ich töte dich oder ich falle! Laß uns vor den Göttern einen Eid fällen. Der Sieger von beiden überlässt die Leiche des anderen seinen Gefährten für eine ehrenhafte Bestattung."

Achilles höhnte:

„Rede mir nicht von Verträgen. Zwischen uns gibt es keine Abmachung! Jetzt gebärde dich wie ein Krieger und nicht wie ein Schaf!"

Ohne lange zu zögern warf Achilles seinen riesigen Speer auf Hektor, dieser duckte sich jedoch geschickt und der Speer sauste über ihn hinweg und blieb im Boden stecken. Athene jedoch, die auf Seiten der Griechen stand, zog den Speer unbemerkt von Hektor wieder heraus und gab ihn Achilles zurück.

Hektor spottete: „Weit gefehlt, Pelide! Für die Männer von Troja wäre es besser, wenn du in den Staub sänkest, du bist ihr größtes Unheil."

Mit diesen Worten schleuderte er mit aller Kraft seine Lanze auf Achilles. Diese prallte jedoch vom göttergeschmiedeten Schild ab.

Nunmehr stand Hektor bestürzt ohne Schild da.

Oben auf der Burg waren Priamos und Hekabe entsetzt und flehten zu Apollon um das Leben ihres Sohnes.

Dieser riß sein scharfes Schwert aus der Scheide und stürzte auf Achilles zu. Diesem war die Rüstung Hektors bekannt, denn es war früher seine eigene, die Hektor dem Patroklos abgenommen hatte.

Zwischen Kopf und Hals war eine freie, unbedeckte Stelle und hier hinein hieb Achilles nunmehr seine Lanze. Er achtete jedoch darauf, dass dem Gegner die Stimme nicht schwand.

Hektor stürzte zu Boden.

Grausam ließ Achilles die Worte auf ihn fallen:
„Hast du wirklich geglaubt, mit der geraubten Rüstung könntest du mir widerstehen? Hast du nicht gewusst, dass jemand stärker ist als du und der Patroklos rächen wird. Die Hunde und Geier sollen deine Leiche fressen."
Mit schwindender Stimme sprach Hektor:
„Habe ein Einsehen und überlaß meinen Körper meinen Eltern, damit sie mich würdig bestatten können. Denke daran, dass auch dir dein baldiges Ende von den Göttern prophezeit worden ist!"
Damit verschied er.
Die Achaier kamen nun herbei gelaufen, um ihre Speere noch einmal in den Toten zu stoßen. Achilles zog ihm die Rüstung aus. Dann hatte er eine gräßliche Idee. Er durchbohrte dem Toten die Sehnen zwischen Ferse und Knöchel, zog einen Lederriemen hindurch und band ihn an seinen Streitwagen.
Er ließ die Peitsche knallen und die schnellen Rosse zogen los, den toten Hektor hinter sich durch den Staub schleifend.

Achilles schleppt die Leiche Hektors hinter sich her
Achilleon (Korfu)

Oben auf der Burgmauer raufte sich Hektors Mutter vor Verzweiflung die Haare. Priamos stöhnte laut und hätten ihn seine Männer nicht aufgefangen, wäre er zusammengebrochen. Andromache, die aus dem Palast kam, weil sie irgendein Unheil ahnte, wurde bei diesem Anblick ohnmächtig. Helena hatte weinend die Mauer verlassen. Paris ballte ohnmächtig die Fäuste.

„Meinen so schändlich behandelten toten Bruder werden wir rächen. Du in deinem Zorn kannst dir nicht alles erlauben."

Wieder griffen die Götter ein.

Aphrodite benetzte den Leichnam Hektors mit duftendem Öl damit er durch das Herumschleifen nicht verletzt würde und Apollon schütze ihn vor der Glut der Sonne.

Doch Achilles ruhte nicht.

Nach den Leichenfeiern für seinen toten Freund spannte er immer wieder, zwölf Tage lang, die Leiche Hektors an den Streitwagen und schleifte ihn um das Grab des Patroklos.

Irgendwann hatten die Götter ein Einsehen. Zeus rief Achilles' Mutter Thetis und trug ihr auf, ihr Sohn möge das Lösegeld des Priamos annehmen und dem Vater den Leichnam herausgeben.

Zugleich schickte Zeus eine Botin zu Priamos und empfahl ihm, den Sohn des Peleus um Gnade zu bitten.

Mit Hilfe des Götterboten Hermes gelangte Priamos, unbemerkt von den anderen, in das Zelt des Achilles.

Inständig bat Priamos den Helden um den Leichnam des Sohnes. Selbst der hartgesottene Achilles war von dem tränenbegleiteten Flehen des Alten gerührt und übergab sie ihm, nachdem die Leiche gewaschen und bekleidet wurde.

„Neun Tage gebe ich dir für die Trauerzeit, einen Tag für das Begräbnis und einen Tag für die Errichtung des Grabhügels. Dann geht der Kampf unerbittlich weiter."

Hermes war wieder hilfreich zur Seite und Priamos gelangte mit seinem Wagenlenker unbehelligt in die Stadt.

Die Frauen standen wehklagend an den Wegen als Priamos mit seinem toten Sohn vorbei fuhr.

Andromache hielt schmerzerfüllt sein Haupt in den Händen und Hekabe schloß sich weinend den Trauergesängen an.
Helena erhob ebenfalls klagend ihre Stimme:
„Du treuester aller Freunde. Jetzt lebe ich hier mit meinem Helden Paris, der mich nach Troja entführt hat. Wer weiß wie lange wir noch beieinander sein werden. Zwanzig Jahre meines Lebens habe ich mit ihm verbracht, seitdem ich das Land meiner Väter verlassen habe. Du hast mir gegenüber nie ein böses Wort fallen lassen, wenn deine Brüder oder deine Schwestern mich anfuhren. Du warst mir in Troja immer Tröster und Freund, wenn andere mich anfeindeten."
Schluchzend versagte ihr die Stimme.
„Nun, ihr Trojaner, sammelt Holz für das Begräbnis." befahl Priamos, „Habt keine Furcht, denn Achilles gelobte mir elf Tage Waffenstillstand."
Danach zogen sich die Trojaner in ihre Stadt zurück.
Zu ihrer Überraschung bekamen sie Hilfe. Penthesileia, die Königin der Amazonen, hatte von dieser Schlacht gehört und rückte mit ihren Kämpferinnen heran, um den Trojanern beizustehen.
Heftig griffen sie die erstaunten Griechen an und trieben sie von den Mauern hinab bis an die Schiffe. Als Achilles das Kampfgetümmel hörte, griff auch er eilends zu den Waffen.
Penthesilea hatte es auf ihn abgesehen und suchte den Kampf mit ihm.
In einem harten Gefecht gelang es Achilles die Königin der Amazonen zu töten. Als er ihr den Helm abnahm, war er völlig erstaunt, gegen eine Frau gekämpft zu haben. Voller Bewunderung kniete er sich neben die Tote und küsste sie auf den Mund.
Oben auf der Burgmauer hatten sich wieder Priamos mit seiner verweinten Frau zusammen mit Helena eingefunden und beobachteten den ungleichen Kampf.
Das Schicksal schien es gut mit ihnen zu meinen, den jetzt rückte ein neuer Verbündeter mit seinem Heer heran: Memnon, der Äthio-

pier, ein Sohn des Tithonos und der Eos, der Göttin der Morgenröte. Ein Riese von Gestalt, der den Griechen viele Verluste zufügte. Die Trojaner schöpften wieder Hoffnung.

Unten auf dem Feld entbrannte ein heftiger Kampf zwischen Achilles und Memnon. Zwar hatte seine Mutter Thetis ihm prophezeit, wenn er Memnon töte, wäre auch sein Ende nicht mehr weit.

In seinem Zorn – denn Memnon hatte seinen nunmehr nach Patroklos' Tod besten Freund Antilochos im Kampf überwältigt – drang er auf Memnon ein und konnte ihn töten.

Danach hielt ihn nichts mehr, die Trojaner fielen zu Dutzenden unter den Schwerthieben des Rasenden.

Da trat ihm Apollon entgegen. In seinem Übermut drohte Achilles ihm sogar mit dem Speer. Das war dann doch zuviel für den Gott.

„Weiche zurück! Nie wirst du Troja betreten, denn dein Lebensfaden ist abgerollt."

Er suchte Paris auf und gab ihm auf, einen Pfeil auf Achilles zu schießen. Apollon selbst lenkte den Pfeil auf die rechte Ferse des Helden, die einzige Stelle, an der er verwundbar war.

Achilles wusste um die Bedeutung, aber so schnell gab er nicht auf. Noch einmal riss er alle Kräfte zusammen und tötete viele trojanische Krieger.

Seine Kräfte schwanden jedoch. Mit lauter Stimme rief er noch, dass es über das ganze Feld dröhnte:

„Ihr Trojaner seid von den Göttern verlassen. Ihr entgeht eurem Schicksal nicht!"

Dann sank er zu Boden und verstarb.

Der größte aller griechischen Helden, der Sohn des Peleus und der göttlichen Thetis, war tot.

Nun begann der Kampf um den toten Achilles. Die Trojaner unter Führung von Ainaias versuchten den Leichnam auf ihre Seite zu ziehen, auf der anderen Seite kämpften Odysseus und Aias verbissen um den Toten. Die Schlacht ging hin und her bis Zeus aus Mitleid mit dem Gefallenen ein furchtbares Gewitter schickte. Es donnerte und blitzte, das nutzten die Achaier aus, um Achilles zu bergen.

Siebzehn Tage war Waffenruhe. Die Griechen beweinten ihren größten Kämpfer, dann wurde er zusammen mit vielen Opfertieren auf einem Holzstoß verbrannt. Seine Asche wurde zusammen mit der Asche von Patroklos in einer goldenen Urne unter einem Grabhügel beigesetzt.

Nun waren die Griechen etwas ratlos, denn wie sollten sie Troja erobern, wenn sie es nicht mal mit Achilles und Aias geschafft hatten.

Einer wusste Rat: Odysseus, den man nicht umsonst den Listenreichen nannte. Ihm gelang es, Neoptolemos, den Sohn Achilles' und den großen Bogenschützen Philoktetes nach Troja zu locken.

Der Tod des Paris

Kaum war Philoktetes vor der Stadt eingetroffen forderte er Paris zum Zweikampf auf, denn er sah in ihm den Grund für die vielen Toten.

Was Paris nicht wusste: Philoktetes besaß Pfeile, von Herakles geschenkt, die mit dem Gift der Lernäischen Schlange getränkt waren.

Helena stand wieder mit Priamos oben auf der Mauer. Beide waren nach dem Tod von Achilles etwas erleichtert und ahnten nicht, welches Schicksal Paris bevorstand.

Jeder hatte drei Versuche. Paris traf nicht, aber der zweite Pfeil des Philoktetes traf. Es war keine große Wunde, aber das Gift des Schlange wirkte schnell.

„Bringt ihn hoch zu mir in den Palast, damit wir ihm helfen können," schrie Helena.

Da erinnerte sich Paris an Oinone, die er damals verlassen hatte und die ihm gesagt hatte, sie könnte alle Wunden heilen.

Schnell und verzweifelt trug man ihn ins Ida-Gebirge, wo die schöne Nymphe wohnte. Doch Oinone hatte sein Verhalten nicht vergessen und weigerte sich, ihm zuhelfen.

So kehrte Paris nach Troja in den Palast zu Helena zurück. In ihren Armen hauchte er sein Leben aus.

Helena weinte bitterlich. Sollte alles umsonst gewesen sein? Fast zwanzig Jahre waren sie ein Paar gewesen. Wie glücklich war sie damals, als beide mit dem Schiff in der Ägäis unterwegs waren und ihre ersten Liebesnächte genossen.

Kaum war Paris' Asche in einer Urne beigesetzt, näherte sich ihr Paris' Bruder Deiphobos. Er hatte schon von Anfang an ein begehrliches Auge auf sie geworfen. Er wollte sie heiraten, doch Helena weigerte sich. Da nahm er sie mit Gewalt.

„Du elender Schuft. Diese Gemeinheit wirst du noch bitter büßen," schluchzte sie.

Das Trojanische Pferd

Odysseus überlegte lange, wie sie nun die Stadt endlich erobern könnten.

Er mußte die Schwachstellen der Stadt auskundschaften. So ließ er sich unter Qualen auspeitschen, dass man die blutigen Striemen auf seinem Rücken sah und verkleidete sich als heruntergekommener Bettler. Er ging in die Stadt und erzählte überall, wie brutal er von Griechen behandelt worden sei. Jetzt sei er ihnen endlich entkommen.

Alle glaubten ihm. Nur Helena wurde trotz ihres Leids skeptisch und ließ ihn zu sich kommen.

Seine Ausdrucksweise und seine Stimme kamen ihr irgendwie bekannt vor.

„Du bist nicht der, der du vorgibst zu sein. Wenn mich meine Sinne nicht täuschen, bist du Odysseus. Hab keine Angst, ich werde dich nicht verraten, denn ich führe jetzt das traurige Schicksal einer Sklavin. Nach Paris' Tod hat mich sein widerlicher Bruder Deiphobos an sich gerissen. Gleichgültig, was du vorhast, ich bin bereit dir zu helfen. Noch schlimmer als jetzt kann es mir nicht gehen."

„Danke für dein Angebot. Doch was ich plane, muß ich allein durchführen. Sollten die Griechen Troja erobern, werde ich dafür sorgen, dass dir kein Haar gekrümmt wird."

In seiner zerrissener Kleidung verließ er Troja in der Nacht wieder, wobei er unterwegs noch einige Wächter tötete.

Auf dem Weg zu den Schiffen gab ihm Athene, die immer, auch später bei seiner Heimreise, auf seiner Seite stand, einen Plan ein.

Ein riesiges hölzernes Pferd galt es zu bauen, mit einem Hohlraum innen, in dem viele Männer Platz hätten. Dieses Pferd musste irgendwie ins Innere der Stadt Troja gebracht werden, wenn möglich von den Trojanern selbst.

Gleich rief Odysseus den Holzschnitzer Epeios zu sich.

„Du hast während der ganzen Kämpfe durch Abwesenheit geglänzt. Jetzt kannst du deine Feigheit wieder gut machen. Baue mir ein großes Pferd, in dem viele Männer sich verstecken können."

„Bringt mir Holz soviel ihr könnt," befahl Epeios seinen Leuten.

In wenigen Tagen war unter seinen geschickten Händen das Pferd fertig. In der Nacht wurde es vor die Stadtmauer gezogen und vierzig gut ausgerüstete Krieger, einschließlich Epeios, stiegen in den Bauch des Pferdes.

Nun kam der zweite Teil der List des Odysseus.

Unten am Strand verbrannten die Griechen ihr Lager, bestiegen die Schiffe und fuhren hinaus aufs Meer, aber nur bis zu einem Felsvorsprung, so dass die Trojaner sie nicht mehr sehen konnten.

Ein Feuersignal sollte sie wieder herbeiholen.

Als am nächsten Morgen Eos, die Göttin der Morgenröte, sich mit ihren ersten Strahlen im Osten ankündigte, bot sich den erstaunten Trojanern ein unerwartetes Bild.

Vor ihrer Mauer stand ein großes Holzpferd und unten am Strand war kein griechisches Schiff mehr zu sehen, nur der letzte Rauch vom verbrannten Lager stieg noch in die Luft.

Schnell informierte man Priamos, der mit einigen seiner Getreuen herbeieilte.

Da vor der Burgmauer niemand zu sehen war, beschloss er, sich das Pferd aus der Nähe anzusehen.

Draußen am Pferd war von den Achaiern eine Dankeswidmung für die Göttin Athene angebracht.

„Wenn es der Göttin Athene gewidmet ist, dann sollten wir es in die Stadt vor ihren Tempel ziehen, damit sie auch uns günstig gesinnt ist," meine Priamos.

Andere wiederum warnten vor einer List.

Ein von Odysseus abgestellter und eingeweihter Pseudo-Gefangener wurde vor die Trojaner gebracht und bestärkte sie darin, das Pferd in die Stadt zu ziehen. Man musste sogar Teile der Mauer einreißen, da sonst das riesige Pferd nicht hindurch gepaßt hätte. Innen wurde es mit viel Mühe vor den Tempel der Athene aufgestellt.

Innen klirrten teilweise die Waffen der griechischen Krieger, aber Athene schwächte das Gehör der Trojaner.

Der Lärm lockte auch Helena wieder aus dem Palast.

Als sie das Pferd sah, musste sie an ihre Begegnung mit Odysseus denken. Sie konnte sich kaum vorstellen, dass die Griechen so ohne weiteres davongesegelt sein konnten. Sie wären ja zu Hause mit Schimpf und Schande empfangen worden.

Sie sagte aber nichts und beobachtete kühl das ganze Geschehen.

Doch tauchte plötzlich der Seher Laokoon auf und schrie: „Trojaner, seid ihr denn von Sinnen! Wißt ihr denn nicht, dass der listenreiche Odysseus noch immer lebt! Im Inneren des Pferdes sind bestimmt Krieger! Das ist euer Untergang!"

Er schleuderte einen Speer gegen das Pferd.

Unter den Trojanern erhoben sich Stimmen.

„Schafft dieses Unglückspferd wieder hinaus!" „Zündet es an!"

Helena und Paris

Drinnen im Pferd musste Odysseus die Männer zur Geduld mahnen.
„Wartet bis die Nacht kommt, dann erst kommt unsere Stunde."
In dieser Bedrängnis kamen wiederum die Götter den Achaiern zu Hilfe.
Poseidon schickte aus dem Meer zwei riesige Schlangen, die die beiden Söhne des Laokoon, die zum Strand gelaufen waren, um Apollon zu opfern, umschlangen und erwürgten.

Poseidon schickt zwei riesige Schlangen, die die Kinder des Laokoon und seine Söhne erwürgten

Monumentale Skulpturengruppe
Kopie nach einem Bronze-Original,
Vatikanische Museen

Laokoon, der den Kindern helfen wollte und zum Strand lief, erlitt das gleiche Schicksal.
Helena hatte dieses schreckliche Ereignis mit ansehen müssen.
„Bleibt mir in dieser Stadt aber auch gar nichts erspart? Erst wird Hektor getötet, dann ereilte meinem geliebten Paris das gleiche Schicksal. Wehe mir, was habe ich für Schuld auf mich geladen!"
Weinend zog sie sich in den Palast zurück.
Unterwegs traf sie noch Kassandra.
„Diese Narren! Glaubt ihr wirklich, dieses Pferd ist ungefährlich,

Eine dramatische Liebesgeschichte

das ist unser aller Verderben!"
Aber wie immer hörte niemand auf sie, im Gegenteil, man sah den Tod Laokoons als Strafe durch die Göttin Athene an.
Nun gab es für die Trojaner kein Halten mehr. Der Krieg war zuende. Mit Musik und Tanz begannen die ausgelassenen Feierlichkeiten. Der Wein floss in Strömen und erschöpft und müde legten sich die Trojaner nichtahnend zu Bett.
Ein Bote entzündete draußen am Grabhügel des Achilles eine Fackel. Das war das vereinbarte Signal für die griechische Flotte, eilends zurück zu kehren.
Die Krieger glitten leise von den Schiffen. Derweil öffneten Odysseus und seine Männer die Tür am Pferd und ließen sich mit Seilen herab.
Von innen öffneten sie die Stadttore.
Draußen warteten Agamemnons Heere und drangen fast unbehelligt in die Stadt ein. Ein grausames Morden begann, nur Ainaias, der Sohn des Anchises und der Göttin Aphrodite konnte entfliehen.

Das Ende einer grossen Liebe

Troja war gefallen und von den Griechen erobert.
Paris hatte sein Ende gefunden und Helena zog sich trauernd in ihre Räume zurück.
„Was soll ich tun wenn die Griechen mich entdecken?"
Doch niemand hörte ihr zu, jeder war zu sehr mit sich beschäftigt und bangte um sein Leben. Die Griechen hatten alle Männer getötet, selbst der alte König Priamos wurde nicht verschont und auch Hektors kleiner Sohn Astyanax wurde gnadenlos ermordet. Die Frauen wurden als Sklavinnen abgeführt.
Als einer der ersten stürmte Menelaos in den Königspalast und durchsuchte alle Gänge.
„Wo ist dieses treulose Weib? Wo hält sie sich versteckt? Ihr ge-

Helena und Paris

meiner Verführer hat ja nun den Weg in den Hades angetreten!"
Während der ganzen Belagerungszeit hatte er sich grausame Strafen für die Ehebrecherin ausgedacht. Jetzt kam bald die Stunde der Vergeltung, denn sie musste sich wohl hier im Palast aufhalten.
Vor ihrem Gemach traf er auf Deiphobos, den Bruder Paris', der Helena mit Gewalt als Frau genommen hatte, nachdem Paris gestorben war.
„Geh mir aus dem Weg, du Schurke. Du wirst mir dafür büßen, dass du es noch gewagt hast, diese betrügerische Frau zu heiraten."
Deiphobos griff zu seinem Speer, doch dieser verfehlte den Menelaos. Voll Ingrimm schoß dieser jetzt mit seinem Schwert auf Deiphobos zu und stach ihn nieder.
Die Tür zum Zimmer Helenas war versperrt, aber Menelaos warf sich mit Gewalt dagegen, so dass die Tür aufsprang.
Wütend wollte sich Menelaos mit dem Schwert auf Helena stürzen. Als er sie dann nach zwanzig Jahren wieder sah, in voller Schönheit wie eine Göttin, und sie ihn verführerisch anlächelte, da wurde er, der raue Held, weich. Plötzlich kamen ihm die gemeinsam verlebten glücklichen Jahre und ihre Tochter Hermione blitzartig in Gedächtnis.

Er ließ das Schwert sinken und ging auf sie zu.
„Du magst mich töten, aber ich bin nichts weiter als ein Opfer. Gegen meinen Willen wurde ich entführt und nach Troja verschleppt. Ich bin so glücklich, dich nach so langer Zeit wieder zu sehen."
Menelaos hatte im Grunde

Menelaos führt Helena aus Troja   ein einfaches Gemüt und so erlag er weiblicher List.

Er nahm Helena an die Hand und führte sie hinunter zu den Schiffen.

Die Seeleute auf dem Schiff aus Sparta empfingen sie schweigend, denn zu viele ihrer Kameraden hatten hier in Troja den Tod gefunden.

Aber sie waren doch froh, endlich wieder in See zu stechen und ihre Frauen und Kinder zu Hause sehen zu können.

Helena kehrte mit Menelaos zurück an den Königshof Spartas. Sie lebte bis ins hohe Alter in Sparta und alle griechischen Fürsten, die das Glück hatten, nach Sparta eingeladen zu werden, schwärmten von ihrer Schönheit.

Kein Sänger, kein Dichter hat je von ihrem Ende erzählt.

Wie mag Helena ausgesehen haben?

Diese Frage habe ich mir beim Schreiben oft gestellt. Kann man eine der modernen Schönheiten auf sie projizieren? Ich glaube kaum, denn dann würde man sie ihres geheimnisvollen Zaubers berauben, der sie umgibt. Und zudem haben viele Neu-Helenas häufig die Hilfe der Schönheitschirurgie in Anspruch genommen, was bei der Original-Helena wohl kaum zugetroffen sein dürfte.

Unzählige Maler haben versucht, ihr ein Gesicht zu geben. Das jedoch sind nur hilflose Annäherungen, Vorstellungen, die im Kopf des Künstlers entstanden sind. Nur er selbst kann sich wahrscheinlich mit seinem gefundenen Abbild identifizieren. Zudem sind alle Bilder durch die jeweilige Zeit und ihre Mode- und Schönheits-Vorstellungen geprägt.

Irgendwann hat sich in meiner Phantasie auch ein Bild von Helena eingestellt.

Sie ist blauäugig (alle braunäugigen Frauen mögen mir verzeihen).

Sie hat blondes Haar (alle dunkelhaarigen Schönen mögen es mir nachsehen)

Ihr Haar hat sie nach Art der Griechinnen hochgesteckt.

Keinesfalls hatte sie – so versuche ich das zu sehen - diese typische Nase der Griechinnen der damaligen Zeit.

Sie dürfte ungefähr – auch wenn es banal klingt – ein Meter sechzig groß gewesen sein (damals waren die Menschen wesentlich kleiner als heute, man sieht es besonders gut an den Ritterrüstungen des Mittelalters).

Auch wenn es den Griechen nicht behagt: Ihr großer Held Achilles hätte nie und nimmer eine Chance gehabt, in die Garde der Großen Kerls bei Friedrich dem Großen übernommen zu werden. Auch Alexander der Große hätte nie in eine heutige Basketball-Mannschaft gepaßt.

So mag jeder Leser in seiner Phantasie, wenn sie nicht durch die

Eine dramatische Liebesgeschichte

modernen Medien wie Fernsehen, Computer und Smartphones entstellt ist, sich ein Bild der antiken Schönheit zu machen.

Wer hat Schuld am Trojanischen Krieg?

Eine gute Frage zum Schluß.
Wir haben eine Liebesgeschichte erlebt, um deretwillen Tausende von Griechen und Trojanern ihr Leben gelassen haben.
Noch nie und nie wieder hatte die Welt der Poesie und Dichtkunst eine ähnlich dramatische Geschichte hervorgebracht.
Solche berühmten Heroen wie Achilles, der größte aller griechischen Helden, ferner Ajax und Hektor mussten den Weg in den Hades antreten, und das alles wegen einer geraubten Frau!
Und wenn Agamemnon nicht zugestimmt hätte, Iphigenie der erzürnten Artemis zu opfern, um die vor Aulis in einer Flaute liegende Flotte gen Troja zu führen, wäre Klytaimnestra in zorniger Enttäuschung über das Opfer ihrer Tochter nicht bereit gewesen, dem Agamemnon in seiner Abwesenheit untreu zu werden und ihren Gatten nach erfolgreicher Heimkehr von ihrem Liebhaber ermorden zu lassen.
Das wiederum zog eine weitere Kette von Ereignissen nach sich, die uns aber zu weit von unserem Thema führen würden.
Also nochmals ganz direkt die Frage: Wer hat Schuld an diesem furchtbaren Krieg?
Man ist schnell geneigt, dem Paris die Schuld zuzuweisen. Hatte er nicht durch den Raub der Helena den Zorn des Menelaos heraufbeschworen, der wiederum seinen Bruder Agamemnon mobilisierte und der wiederum sämtliche griechischen Fürsten?
Aber wer er nicht einfach nur Opfer der Aphrodite, in deren fein gesponnenes Liebesnetz er fast hilflos eingewebt wurde?
Aber wie kam sie dazu, ihm dieses amouröse Abenteuer in den Weg zu legen?

Zeus wollte einfach eine Lösung für die Frage, wer die Schönste sei, um endlich diesen Fragenkomplex einem Ende zuzuführen. Obwohl im klar war, daß die Entscheidung für eine einzige zwangsläufig wiederum Animositäten im Olymp schaffen würde. Dazu war auch der Göttervater ein wenig zu feige, soviel Respekt hatte er vor den olympischen Damen doch. Daher band er mit Hilfe von Hermes den unschuldigen jungen Paris als Zensor in diese frühantike Schönheitsköniginnenwahl ein.

Wer aber hatte diesen „giftbeladenen" goldenen Apfel mit der Aufschrift „Der Schönsten" in den Saal gerollt, der zum Streit unter den olympischen Damen führte.

Es war Eris, die Göttin der Zwietracht. Also ist sie die Schuldige.

Keineswegs, sie fühlte sich einfach als einzige ausgeschlossen.

Wer gab die Order, ihr keine Einladung zu der Hochzeit von Peleus und Thetis zukommen zu lassen.

Der Göttervater selbst!

Gehen wir von unserem Kausalitätsgesetz aus, vom Ursache-Wirkungs-Prinzip also, so kommen wir nicht umhin, in der langen Kette der Wirkfaktoren ihn, Zeus selbst, an den Beginn der Handlungen zu stellen, quasi als den Auslöser.

Die Frage allerdings, ob er in seiner göttlichen Weisheit geahnt haben mag, welche Folgen eine Ausgrenzung einer anderen göttlichen Person haben könnte, vermag niemand zu beantworten.

Eine dramatische Liebesgeschichte

Einige Erläuterungen

Nicht jeder ist in der griechischen Mythologie so bewandert, so daß einige Erklärungen weiterhelfen mögen

Achaier: So werden die Griechen auch genannt nach ihrem Stammland Achaia auf dem Peloponnes. Andere Namen: Danaer – nach dem mythischen König Danaos; Argeier – nach der griechischen Landschaft Argolis

Aphrodite – die Göttin der Liebe. Ihre Herkunft ist wohl die geheimnisvollste aller Olympier. (im römischen „Venus") Die Schaumgborene, wie sie auch genannt wird, oder Kypris, da sie der Sage nach in Zypern an Land stieg.

Apollon - Gott des Lichtes, der Musik und der Wahrsagekunst; ein Sohn von Zeus und Leto, geboren auf der Insel Delos zusammen mit seiner Schwester Artemis; Herr über das Orakel von Delphi

Ares - der draufgängerische Gott des Streites und des Krieges, ein Sohn von Zeus mit seiner Gattin Hera (römisch „Mars")

Artemis (im römischen „Diana") ist die jungfräuliche Göttin der Jagd

Athene – eine Kopfgeburt des Zeus. Ebenfalls eine jungfräuliche Göttin und Schutzpatronin der Stadt Athen. Sie spielt in der Odyssee eine große Rolle.

Hades – Herrscher der Unterwelt. Nachdem sie die Titanen besiegt hatten, teilten die drei Brüder Zeus, Poseidon und Hades (Pluto) die Welt unter sich auf.

Hera - Schwester und zugleich Gattin des Zeus

Herakles – ein Sohn des Zeus, zusammen mit Alkmene, die Zeus in Abwesenheit von Amphitryon beglückte. (im römischen „Herkules")

Hermes – der Götterbote, ein Sohn des Zeus mit der Nymphe Maia (unehelich, versteht sich), Schutzpatron der Kaufleute und der Diebe (im römischen „Merkur")

Poseidon – neben Hades ein Bruder des Zeus. Herrscher der Meere, der Ströme und Quellen, der Gott mit dem Dreizack

Bibliographie

Backhaus, H.M.; Götter GmbH & Co.KG, 1989, Hestia, Bayreuth
Carstensen, R.; Griechische Sagen, 1954, Ensslin&Laiblin, Reutlingen
Christou, P. u. Papastamatis, Götter und Helden, Griechische Mythologie, Bonechi, Florenz
Dommermuth-Gudrich, G.; Mythen - Die bekanntesten Mythen der griechischen Antike; Gerstenberg-Verlag
Evslin, B.; Vom Kampf um Troja, 1971, dtv
Griechische Mythologie; 1998, Techni Gmb, Athen
Hagelstange, R.; Spielball der Götter, Aufzeichnungen eines trojanischen Prinzen, 1990, List-Verlag, München
Homer; Ilias, Übertragen von Johann Heinrich Voß, 1982, Goldmann, München
Mavromataki, Maria; Mythologie und Kulte Griechenlands, 1997, Haitalis Astrous, Athen
Mediterraneo Editions; Griechische Mythologie
Souli, Sofia; Griechische Mythologie, 1995, Michalis Toubis S.A., Athen
Sammlung Dieterich Band 354; Die griechische Sagenwelt, Carl Schünemann Verlag, Bremen
Stefanides, M.; Ilias - Der Trojanische Krieg, 2009, Sigma, Athen
Vrissanakis, Hristos; Griechische Mythologie, Mathioulakis & Co, Athen

Einige Bücher des Autors mit Bezug zur Antike und zu Griechenland

Alexander und Aristoteles
Eine späte Begegnung
Eine fiktive Begegnung in Babylon ca 4 Wochen vor dem Tod Alexanders.
Ein interessantes Zwiegespräch.
Für Freunde der Antike und der Philosophie
Verlag Books on Demand

Die Odyssee
Eine psychologische Reise nach Ithaka
Die Odyssee einmal aus einer anderen Sichtweise betrachtet und interpretiert. Homer kann durchaus als einer der ersten grossen Psychologen der Welt bezeichnet werden
Verlag Books on Demand

Frankfurt und die Götter des Olymp
Ein fiktiver Besuch aus der Antike
Es muß amüsant sein, sich einmal vorzustellen, wenn die antiken Götter lebendig wieder auf der Erde auftauchen. Hier haben sie sich Frankfurt als Ziel ausgesucht
Verlag Books on Demand

Weitere Literatur des Autors auf den Internet-Seiten

www.literatur.drvolkmer.de   und
www.buchtipps.drvolkmer.de

Eine dramatische Liebesgeschichte

Mars im Spiegel
Mythologisch-bißliche Betrachtungen
Eine andere Sichtweise auf das Thema der Zähne. Etwas für Menschen, die über den Vordergrund hinaus blicken möchten

Verlag Books on Demand

Athos
Unterwegs im Garten der Gottesmutter
Eine Reisebeschreibung nach einigen Besuchen der Mönchsrepublik Athos
Begegnungen mit Menschen und Mönchen

Verlag Books on Demand, 2016

Lesbos
Die Insel der Sappho
Eine Reisebschreibung der Insel Lesbos kombiniert mit einer Betrachtung der großen Poetin Sappho (sie lebte um 600 v. Chr.) und ihrem Werk
Nur als E-Book bei Amazon erhältlich

Weitere Literatur des Autors auf den Internet-Seiten

www.literatur.drvolkmer.de   und
www.buchtipps.drvolkmer.de